BOA*
COMPANHIA

BOA* COMPANHIA

CONTOS

Amilcar Bettega Barbosa
Bernardo Carvalho
Pedro Cavalcanti
Livia Garcia-Roza
Luiz Alfredo Garcia-Roza
Ana Miranda
Reinaldo Moraes
Maria Telles Ribeiro
Sérgio Sant'Anna
Luiz Schwarcz
Moacyr Scliar
Heloisa Seixas

COMPANHIA DAS LETRAS

Capa
Jeff Fisher

Revisão
Carmen S. da Costa
Renato Potenza Rodrigues

Os personagens e as situações desta obra
são reais apenas no universo da ficção;
não se referem a pessoas e fatos concretos,
e sobre eles não emitem opinião.

Dados Internacionais de Catalogação na Publicação (CIP)
(Câmara Brasileira do Livro, SP, Brasil)

Boa companhia : contos — São Paulo : Companhia das Letras, 2003.

Vários autores.
ISBN 85-359-0341-0

1. Contos brasileiros.

03-1004 CDD-869.93

Índice para catálogo sistemático:
1. Contos : Literatura brasileira 869.93

[2003]

EDITORA SCHWARCZ LTDA.
Rua Bandeira Paulista, 702, cj. 72
04532-002 — São Paulo — SP
Telefone: (11) 3707-3500
Fax: (11) 3707-3501
www.companhiadasletras.com.br

Sumário

Anotações sobre o conto, *Modesto Carone,* 7

A vida de um homem normal, *Bernardo Carvalho,* 11
O cavalo imaginário, *Moacyr Scliar,* 15
Wallace, *Livia Garcia-Roza,* 21
Doutor, *Luiz Schwarcz,* 25
Cerimônia do chá, *Maria Telles Ribeiro,* 31
O meu quarto, *Ana Miranda,* 39
O embrulho da carne, *Sérgio Sant'Anna,* 45
Meio-dia, *Luiz Alfredo Garcia-Roza,* 63
Dóris, *Heloisa Seixas,* 69
Olho por olho, *Pedro Cavalcanti,* 81
Rosa regada, *Amilcar Bettega Barbosa,* 93
Bijoux, *Reinaldo Moraes,* 99

Anotações sobre o conto*

Modesto Carone

O conto é considerado comumente como o irmão menor do romance e da novela. Apesar disso, é provável que seja o mais lido de todos os gêneros narrativos modernos. Neste caso a teoria do tamanho não é tão indiscutível como à primeira vista parece, pois ninguém está disposto a confundir importância com volume — sem dizer que um conto longo pode ser tomado por uma novela, da mesma maneira que uma novela curta às vezes passa por conto e outra mais extensa por um romance breve. Talvez seja esse o motivo por que, na divisão dos gêneros, alguns teóricos insistam que a palavra *conto* fique reservada a qualquer tipo de ficção em prosa menor que um romance, que se torna então dominante e passa a ditar as regras. Trata-se de algo pouco aceitável

* Foram aproveitadas neste trabalho idéias e sugestões contidas nos livros de Ian Reid (*The Short Story*), Charles E. May, org. (*Short Stories Theories*), Norman Friedman (*Form and Meaning in Fiction*), Julio Cortázar (*Valise de Cronópios*), Georg Lukács (*Theorie des Romans*) e Benno von Wiese (*Die Novelle; Die deutsche Novelle von Goethe bis Kafka*).

para os críticos alemães que desenvolveram uma teoria consistente da novela. Eles a descrevem não apenas como um item de tamanho intermediário, mas também — e principalmente — como uma história de recorte *novo* (daí "novela") e estrutura dramática na qual um incidente inesperado (ponto de virada) força a trama rumo ao desenlace com a necessidade interna de uma peça teatral, o que certamente abrevia o relato.

Seja como for, o senso comum indica que o conto deve ter uma certa brevidade, embora o ato de confiná-lo dentro de dimensões específicas seja inútil do ponto de vista literário, já que gênero nenhum suporta ser definido em escalas aritméticas. Cada um deles muda de aspecto sem parar, sendo uma cautela razoável dar crédito ao fato histórico de que a maioria dos escritores, se não todos, afirma sua pertinência a uma tradição determinada. Um grande contista como Maupassant, por exemplo, escrevia contos com começo, meio e fim, à maneira aristotélica, ao passo que um Tchekhov — monstro sagrado do gênero — dizia que, assim que alguém terminou de escrever uma história curta, deve suprimir o começo e o fim. A impressão que se tem, lendo suas obras-primas em prosa breve, é a de que elas só têm miolo, "como uma tartaruga", para citar uma comparação que fez carreira.

Entretanto há obras semelhantes em alguns aspectos e diferentes em outros, o que, na realidade, permite a conclusão de que não existe algo como formas preexistentes. Nada impede, porém, que certas generalizações sirvam de baliza para os gêneros, descartadas suas fusões e superações. Assim é que um romance, dada sua amplitude (*Tom Jones,* de Fielding, *Guerra e paz, de* Tolstoi, *O homem sem qualidades*, de Musil), pode ser concebido como a representação extensiva de toda uma existência, na qual a velocidade de cruzeiro e o "amoroso demorar-se nos detalhes" fazem parte do empenho artístico.

Uma novela, por sua vez, afina o foco e o alcance da coisa narrada em função do seu caráter dramático e assume a postura de representação intensiva de um período da existência (*A morte de Ivan Ilitch*, de Tolstoi, *Tonio Kroeger*, de Thomas Mann e... *Casa velha*, de Machado de Assis). Nessa mesma ordem de raciocínio, o conto é apreendido como representação intensiva de um instante da existência no qual o herói passa de um patamar de consciência para outro, superior — mesmo que não se dê conta disso no espaço exíguo do que é narrado. Aqui os exemplos são tantos que cabe invocar a afirmação de Turgueniev no sentido de que todos os contistas modernos saíram de debaixo do capote de Gogol.

Esse tipo de concentração elevada num momento de crise aproxima decisivamente o conto da poesia, uma vez que sua linguagem e o que ela veicula dependem de valores como tensão interna, ritmo, respiração e timbre das palavras. Ou seja: qualquer falha ou perda de intensidade no plano da escrita pode ser fatal, visto que o tecido verbal de um conto é denso como o de um poema.

Tudo isso remete a Edgar Allan Poe, o primeiro a teorizar sobre esse modo de composição e a ressaltar o rigor que ele tem como peça literária. De modo análogo ao que Henry James fez em relação à novela, as formulações clássicas de Poe vão no sentido de que a qualificação do conto não depende apenas da envergadura, mas do fato de produzir um efeito único na mente do leitor, o que é alcançado pelo artista através da invenção de incidentes eficazmente combinados para atingir o alvo preestabelecido. Sendo assim, já a primeira frase da obra deve tender para o efeito visado, a fim de que o todo não naufrague — o que equivale a admitir que o contista escreve do fim para o começo. Nesse sentido, ele trata, em geral, de um personagem único e de um único acontecimento, além de uma série de emoções evocadas por uma situação única. Daí resulta a unidade de impressão na mente do leitor — que o autor vê como propriedade inerente à prosa narrativa breve. Sem dúvida isso explica por que ela pode ser lida de uma só assentada.

Vale, no entanto, dar um passo além no que foi dito até agora e lembrar que o mundo contemporâneo, de alto a baixo administrado, gera visões obscuras ou fragmentárias da realidade percebida. No que diz respeito ao conto, este é o momento social que integra a sua estética, pois a vocação que tem é a de ser "um brilho de vaga-lumes dentro da escuridão". Noutras palavras, quando bem-sucedida e longe do apelo comercial, essa forma inadequadamente considerada "menor", sobretudo em relação ao romance, funciona como uma espécie de antídoto da alienação. Pois não há nada que um bom conto não possa tematizar no espaço que lhe é próprio — sem mencionar que, através da arte da implicação, que se opõe a uma explicação linear, ele afirma sua relevância como forma de conhecimento ao se referir a alguma coisa mais completa do que ele mesmo. E aqui é possível pensar, sem dogmatismo, que o aspecto essencial de sua modernidade resida exatamente nisso.

A vida de um homem normal

Bernardo Carvalho

Uma noite, voltando de metrô para casa, como fazia cinco vezes por semana, onze meses por ano, ele ouviu uma voz. Estava exausto, com o nó da gravata frouxo no pescoço, o colarinho desabotoado, a cabeça jogada para trás, o walkman a todo o volume e os fones enterrados nos ouvidos. De repente, antes mesmo de poder perceber a interrupção, a música que vinha ouvindo cessou sem explicações e, ao cabo de um breve silêncio, no lugar dela surgiu uma voz que ele não sabia nem como, nem de quem, nem de onde. Ergueu a cabeça. Olhou para os lados, para os outros passageiros. Mas era só ele que a ouvia. Falava aos seus ouvidos. Recompôs-se. A voz lhe disse umas tantas coisas, que ele ouviu com atenção, que era justamente o que ela pedia. Poderia ter cutucado o vizinho de banco. Poderia ter saído do metrô e corrido até em casa para anunciar o fato extraordinário que acabara de acontecer. Poderia ter sido tomado por louco e internado num hospício. Poderia ter passado o resto da vida sob o efeito de tranqüilizantes. Poderia ter perdido o emprego e os amigos.

Poderia ter vivido à margem, isolado, abandonado pela família, tentando convencer o mundo do que a voz lhe dissera. Poderia não ter tido os filhos e os netos que acabou tendo. Poderia ter fundado uma seita. Poderia ter feito uma guerra. Poderia ter arregimentado seus seguidores entre os mais simples, os mais fracos e os mais idiotas. Poderia ter sido perseguido. Poderia ter sido preso. Poderia ter sido assassinado, crucificado, martirizado. Poderia vir a ser lembrado séculos depois, como líder, profeta ou fanático. Tudo por causa da voz. Mas entre os mandamentos que ela lhe anunciou naquela primeira noite em que voltava de metrô para casa, e que lhe repetiu ao longo de mais cinqüenta e tantos anos em que voltou de metrô para casa, o mais peculiar foi que não a mencionasse a ninguém, em hipótese alguma. E, como ele a ouvia com atenção, ao longo desses cinqüenta e tantos anos nunca disse nada a ninguém, nem à própria mulher quando chegou em casa da primeira vez, muito menos aos filhos quando chegaram à idade de saber as verdades do mundo. Acatou o que lhe dizia a voz. Continuou a ouvi-la todos os dias, sempre com atenção, mas para os outros era como se nunca a tivesse ouvido, que era o que ela lhe pedia. Morreu cinqüenta e tantos anos depois de tê-la ouvido pela primeira vez, sem que ninguém nunca tenha sabido que a ouvia, e foi enterrado pelos filhos e netos, que choraram em torno do túmulo a morte de um homem normal.

Bernardo Carvalho nasceu em setembro de 1960, no Rio de Janeiro. Queria ser cineasta (chegou a fazer alguns super-8 e um projeto fracassado em 16 mm, além de um mestrado em cinema), mas acabou descobrindo que o que o atraía mesmo nos filmes eram as histórias. Passou de crítico de cinema a jornalista e escritor. Na Folha de S.Paulo, *foi editor do extinto suplemento de ensaios "Folhetim", repórter especial e correspondente em Paris e em Nova York. Hoje escreve uma coluna quinzenal na contracapa da "Ilustrada". Publicou um livro de contos* (Aberração, *1993), uma novela (*Medo de Sade, *2000) e cinco romances* (Onze, *1995,* Os bêbados e os sonâmbulos, *1996,* Teatro, *1998,* As iniciais, *1999, e* Nove noites, *2002), todos pela Companhia das Letras. Alguns desses livros também foram publicados na França, na Itália, em Portugal e na Suécia. Um de seus contos, inédito em livro, foi incluído na antologia* Os cem melhores contos brasileiros do século *(Objetiva, 2000). Está escrevendo um romance baseado nos dois meses que passou viajando pela Mongólia, em 2002.*

O cavalo imaginário

Moacyr Scliar

Nós todos freqüentávamos o mesmo colégio, naquela pequena cidade do interior. Um colégio privado, e muito caro, o que, para nossos pais, não chegava a ser problema: éramos, meus amigos e eu, filhos de fazendeiros. Nossos pais tinham grandes propriedades. E tinham muito dinheiro. Nada nos faltava. Andávamos sempre muito bem-vestidos, comprávamos o que fosse necessário para o colégio e gastávamos bastante no bar da escola.

Aos domingos nos reuníamos para andar a cavalo. Cavalos não faltavam nas fazendas de nossos pais, animais de puro-sangue e bela estampa. Cada um de nós tinha a sua própria montaria, e não estou falando de pôneis, aqueles cavalinhos mansos; não, estou falando de cavalos de verdade, cavalos que corriam muito e saltavam obstáculos. Estou falando de equitação, aquele nobre esporte. Nossos pais faziam questão de que fôssemos excelentes ginetes. Tínhamos até um professor, que nos treinava na arte de cavalgar.

Eu disse que cada um de nós tinha um cavalo, mas isso não é verdade. Havia um que não tinha cavalo. O Francisco.

O Francisco não era filho de fazendeiro. O pai dele tinha uma profissão humilde, era sapateiro. Na verdade, o Francisco só estava em nossa escola porque havia recebido uma bolsa de estudos — era um garoto muito inteligente e muito dedicado. Mas o que fazia em nosso grupo?

Boa pergunta. Acho que nenhum de nós saberia como responder. Diferente dos outros garotos da escola — a maioria dos quais nos detestava —, ele tinha por nós uma admiração que beirava a reverência. Sempre que podia estava por perto. Mais do que isso, oferecia-se para prestar pequenos serviços. Se um de nós queria um refrigerante, o Francisco ia buscar. Se um de nós deixava de apresentar o trabalho solicitado pelo professor, Francisco se encarregava de fazê-lo. Por isso, e só por isso, nós o tolerávamos. Por isso, e só por isso, permitíamos que andasse conosco. Durante a semana, bem entendido; porque no domingo as coisas mudavam. No domingo ele voltava para o seu lugar. Domingo era o dia de cavalgar, e, do alto de nossas selas, nós contemplávamos, altaneiros, o mundo a nosso redor. Como eu disse, Francisco não tinha cavalo. Isso não impedia que cedo já estivesse no clube hípico, esperando por nós. Ficava a olhar-nos, enquanto galopávamos de um lado para o outro. E nós gostávamos de tê-lo como platéia, porque nos aplaudia entusiasticamente. Mais do que isso, procurava imitar-nos: galopava de um lado para o outro, como se estivesse montando um cavalo imaginário. Nós na pista, cavalgando — ele, ao lado da pista, trotando de um lado para outro e gritando como nós gritávamos, aqueles brados que os cavaleiros soltam quando se entregam ao esporte das rédeas.

De um modo geral, achávamos engraçado aquilo. Não Rodrigo.

Era um cara desagradável, aquele Rodrigo. Mesmo nós,

que éramos amigos dele, tínhamos de reconhecer: um garoto intratável, agressivo com os colegas e até com os professores. A má fama que o nosso grupo tinha devia-se sobretudo a ele. Mas a verdade é que tínhamos de aceitá-lo: seu pai não apenas era o maior fazendeiro da região, como também ocupava o cargo de prefeito da cidade. Rodrigo era seu filho caçula — e o mais mimado. Um garoto estragado, como dizia meu pai.

Rodrigo não gostou nada daquela história. E nos disse:

— Não quero mais saber desse tal de Francisco nos imitando.

Procuramos convencê-lo de que se tratava apenas de uma brincadeira. Inútil: Rodrigo estava furioso mesmo.

— Vou resolver essa coisa à minha maneira — garantiu.

Foi o que fez. Num domingo, enquanto Francisco cavalgava seu cavalo imaginário, Rodrigo se aproximou dele. Apeou e comandou:

— Desça de seu cavalo.

Francisco obedeceu: desceu do fictício cavalo.

— Nós vamos fazer uma aposta — disse Rodrigo. — Se eu perder, entrego-lhe o meu cavalo. Se você perder, entrega-me o seu.

— Que aposta é? — indagou Francisco, numa voz trêmula.

— Uma corrida — disse Rodrigo. Apontou umas árvores, a uns duzentos metros de distância: — Até ali, e voltamos. Quem chegar aqui primeiro, ganha.

Lembro-me de que o sangue me subiu à cabeça.

— Olhe aqui, Rodrigo — comecei a dizer —, você não pode —

Francisco me interrompeu:

— Eu aceito a aposta — disse, com voz firme, ainda que meio embargada. — Quero correr.

Foi uma coisa patética de se ver. Os dois se colocaram lado a lado e, a um sinal, começou aquela coisa maluca. Rodrigo simplesmente trotava em seu magnífico cavalo, Francisco corria atrás — sem conseguir alcançá-lo. Rodrigo foi até as árvores, voltou. Minutos depois chegou Francisco, ofegante. Rodrigo mirou-o com arrogância:

— Parece que eu ganhei, não é mesmo?

Francisco, ainda ofegante, permanecia calado.

— Seu cavalo agora é meu — continuou Rodrigo. — E sabe o que vou fazer com ele? Vou soltá-lo no campo. Ele agora está livre, você não pode mais montar, entendeu?

Francisco, quieto. Rodrigo apanhou as rédeas imaginárias e foi até o portão do clube. Ali, espantou o suposto cavalo aos gritos. Feito isso, montou em seu próprio cavalo e foi embora.

Francisco nunca mais foi ao clube. Aliás, ele nem ficou na cidade. Segundo o pai, tinha ido morar com os avós num lugar bem distante.

Nunca mais o vi. Não sei o que foi feito dele. Dizem que vende automóveis, não sei. Mas tenho certeza de que sei com o que sonha: com um belo cavalo, no qual, montado, galopa à vontade por um imenso campo que não tem limites.

Moacyr Scliar (Porto Alegre, 1937) é autor de 62 livros em vários gêneros: romance, conto, crônica e ficção juvenil. Seus livros estão publicados em cerca de dezoito países. Por eles, recebeu numerosos prêmios literários. Teve textos adaptados para cinema, teatro e tevê. É colunista dos jornais Zero Hora, *de Porto Alegre, e* Folha de S.Paulo. *Viaja muito pelo país e pelo exterior, fazendo palestras sobre sua obra. Gosta muito de trocar idéias com leitores jovens. É médico, especialista em saúde pública. Considera que no início era muito difícil conciliar as duas atividades, mas o fazia com grande prazer. Seu trabalho foi fonte de inspiração para muitos livros. Entre seus títulos mais importantes estão* A mulher que escreveu a Bíblia, A Majestade do Xingu, *romances;* Contos reunidos; O irmão que veio de longe, *ficção juvenil — todos publicados pela Companhia das Letras.*

Wallace

Livia Garcia-Roza

— Mamãe, Wallace me bateu...

— Como, te bateu? Como esse menino te bateu?!

— Ele me empurrou no corredor, me espremeu contra o muro, torceu meu braço, e me chamou de menina nojenta.

Mamãe se levantou deixando cair a revista e disse que falaria com papai e que os dois tomariam providências.

Quem sabe conseguiriam a expulsão do monstro Wallace, contava ao telefone para vovó. Em seguida, ligou para minha tia, e também para uma colega de infância. Para a vizinha, contou no corredor. Dona Vilma disse que hoje em dia as crianças já nascem sanguinolentas.

Logo que meu pai chegou, mamãe contou tudo para ele, que ficou me olhando, bufando, o nariz se alargando, deixando os buracos enormes. Quando mamãe terminou, papai disse que resolveria o assunto. Depois, socando uma mão na outra, perguntou:

— Você não fez nada?

Então eu disse que Wallace era grande, moreno, usava rabo-de-cavalo, tinha tatuagem na mão direita, olhos azuis...

— Pode parar — ele fechou a boca escondendo os dentes.

Semana seguinte, na volta das aulas, contei para mamãe que Wallace tinha batido na minha cabeça. E quando ela quis saber como foi, falei que ele me empurrou para dentro do banheiro, me chamando de vagabunda, e me mandou sentar na privada e baixar a cabeça, e que aí não vi mais nada, só sentia os tabefes estalando e meus cabelos subindo nas mãos de Wallace.

Pulando da cadeira, mamãe fez, argh, e a revista caiu do seu colo. Depois, voltou a telefonar, para papai, para vovó, para minha tia, e para sua amiga de infância, e quando bateu na porta de dona Vilma, ela avisou que não queria mais ouvir falar em espancamento de menina, além do quê, estava ocupada. Tirava cutículas. E fechou a porta.

Ao chegar do trabalho, papai informou que voltariam a entrar em contato com a inspetora. E foi para o banheiro lavar as mãos.

Antes de a semana terminar, quando cheguei do colégio contando para mamãe que Wallace tinha abaixado minhas calcinhas e beliscado minha bunda várias vezes, ela soltou um grito e continuou com a boca aberta, cheia de dentes pontiagudos.

Depois foi para o telefone. Quando terminou de falar com todos, mamãe foi até a porta, abriu-a, e ficou com o corpo oscilando, e em seguida bateu a porta na cara de dona Vilma.

Assim que papai voltou, nem bem o elevador chegou, mamãe contou o que tinha acontecido. Ao entrar em casa, papai pegou os jornais em cima da televisão e começou a rasgá-los, atirando os pedaços no chão. Depois de acabar com as notícias, sacudiu mamãe pelos ombros, dizendo que tomariam satisfações, e empurrou mamãe para o sofá, e ela, na queda, ergueu um pouco as pernas.

Caminhávamos em direção ao colégio, papai, mamãe e eu, quando ele mandou que acertássemos os passos. Marchamos até alcançar o portão de entrada. Lá, encontramos vovó com um cacho de bananas na mão. Me oferecendo uma bananinha, ela disse que esperaria ali fora porque já tinha assistido a muitas lutas de classe.

Entrei espremida entre os dois.

No final do pátio, se encontrava fincada dona Hortênsia, ao lado do pé de manacá. Contam que ela vive sozinha numa casa cheia de gatos porque detesta pessoas. Acha que podem unhá-la.

Ao se verem frente a frente — papai, mamãe e dona Hortênsia — ele iniciou a história.

— Machucada? — perguntou dona Hortênsia.

Nesse instante, papai me pediu para mostrar. Mamãe e eu, suspendendo minha blusa, levantando a saia, procurávamos.

— Não me interrompa, por favor, senhora — ele continuou, dizendo que se as agressões contra sua filha prosseguissem, iria retirá-la do estabelecimento. — Com muita brevidade!

Dona Hortênsia ouvia, ajeitando a peruca com as palmas das mãos. Papai terminou de falar pigarreando, dando a impressão de que em seguida iria cantar, quando mamãe, borbulhando lágrimas, voz falhando, assoou o nariz e, fungando, contou os sofrimentos pelos quais eu vinha passando.

Deve haver algum engano — disse a inspetora, com olhos subitamente brancos. — Não temos nenhum aluno com esse nome... Como se escreve?

Livia Garcia-Roza nasceu no Rio de Janeiro e estreou em literatura em 1995, com o romance Quarto de menina, *publicado pela Relume-Dumará (e reeditado pela Record em 2002), que recebeu o selo de "Altamente Recomendável" da Fundação Nacional do Livro Infantil e Juvenil. O ingresso na literatura se fez depois de duas décadas de exercício do ofício de psicanalista, quando as duas práticas passaram a conviver lado a lado. Em seguida, vieram* Meus queridos estranhos (*Relume-Dumará,1997*), Cartão-postal (*Record, 1999*), Cine Odeon *e* Solo feminino (*Record, 2002*) *— os dois últimos indicados ao prêmio Jabuti.*

Em 2002, participou de três coletâneas — Música popular brasileira hoje (*Publifolha*), *organizada por Arthur Nestrovski,* 5 minutinhos (*eraOdito editOra*), *organizada por Marcelino Freire, e* A alegria (*Publifolha*).

É ainda organizadora da coletânea Ficções fraternas, *a ser publicada proximamente pela Record, com contos inéditos de dezesseis contistas* (*incluindo ela própria*) *sobre o tema da fratria.*

Doutor

Luiz Schwarcz

Minha mãe queria que eu fosse médico. Coitada. Meu pai até ria. Meu filho médico, ele dizia, e gargalhava. Se conseguir ser pedreiro ou encanador, está bom. Ela fechava a cara e continuava dizendo que eu iria ser médico, que eu estudaria para isso, faculdade e essas coisas, que eu era inteligente, olha a cara do menino, Oswaldo, ele tem cara de doutor.

Meu pai era mestre-de-obras, pedreiro e encanador. Passava, no entanto, a maior parte do tempo desempregado, no bar, tomando cerveja, jogando dominó. Minha mãe trabalhava de diarista, me levava para a escola todo dia de manhã, no caminho para as casas da dona Laura ou da dona Joana, e falava que estava guardando dinheiro para meus estudos, "se precisar". Apontava para a bolsa como se me mostrasse um cofre, e dizia, sorrindo: "Se precisar".

O primeiro brinquedo que eu ganhei de Natal foi um jogo de consultório médico. O primeiro e o último. Depois disso a nossa situação ficou mais difícil. Meu pai nem procurava mais emprego. Entrava em casa, me via brincando com o jogo que minha mãe escolhera, e dizia: "E aí doutor, dá para escutar o meu coração?". Eu passava as tardes brincando de médico. Colocava o termômetro no gato que vivia no terreno baldio colado à minha casa, ele miava, louco de raiva, mas eu não me importava. Com o jaleco branco, óculos de plástico, eu precisava praticar.

Nas primeiras vezes que meu pai pediu para que o auscultasse, até achei que ele falava sério. De roupa branca, entrava em seu quarto, ele esparramado na cama, e apoiava o estetoscópio de brinquedo em suas costas ou peito para ouvir o seu coração. Mas aí ele ria, uma risada estridente, ou adormecia, roncando alto, e eu desisti.

Os colegas da rua não gostavam muito desse tipo de jogo. Preferiam jogar taco ou futebol. Eu ouvia da minha casa o barulho dos pés descalços raspando a terra, parecia uma lima chiando, a sola dos pés em contato com a terra seca, e a bola cortando o chiado como uma percussão. Muitas vezes eu apoiava o estetoscópio no chão do quarto, para ouvir melhor os meninos jogarem bola no terreno baldio. Eu auscultava tudo. O jogo de bola através do chão, o sono ou o amor dos meus pais através da parede. Me dava uma aflição a mistura dos risos e gemidos da minha mãe, enquanto do meu pai eu não ouvia nada. Só a cama rangendo e os ruídos da minha mãe.

Uma vez eu até subi numa escada para encostar o estetoscópio no forro e auscultar o barulho dos aviões. Meu pai chegou em casa bem naquela hora. Ao me ver na escada, riu um bom tempo. Parecia que não iria parar de rir nunca mais.

As coisas não aconteceram como a minha mãe queria. Meu pai, de tanto beber, durou pouco. E a dona Laura se mudou para Minas. Queria levar a minha mãe com ela, mas ela não foi. Acho que ficou por minha causa, apesar de eu já estar grandinho, cursando o ginásio — segundo os cálculos dela, a caminho de virar um Doutor. A dona Joana se separou do marido. Parece que ele aprontou com ela, e feio. Virou a mão, diziam. Ela se mudou para longe, para um apartamento menor, e cortou relações com todos. Até com a diarista, de vergonha, talvez.

Sem dona Laura e dona Joana, minha mãe saiu procurando casas novas onde trabalhar, mas não era fácil se entrosar com as patroas. Elas eram muito jovens e arrogantes, queriam ensiná-la a lustrar os móveis, a encerar o assoalho, a passar as camisas dos patrões. Ela chegava nervosa, no fim do dia, sentava na cama contrariada, olhava a bolsa vazia, a mesma na qual batia a mão quando eu era pequeno, orgulhosa do dinheiro que economizava para os meus estudos, "se precisar".

Não tardou e eu tive que ajudar em casa, e quando vi estava usando as roupas do meu pai — calça manchada de tinta, camiseta regata e boné —, trabalhando com meu tio, de assistente de pedreiro e encanador. Fui gostando do trabalho, principalmente de consertar canos quebrados. Gostava de entender o fluxo das águas das casas, de ver o que ninguém via, o que estava debaixo do piso, no meio das paredes, nas entranhas dos apartamentos, por onde entra a água para a cozinha e sai também o que tem de sair.

Hoje, minha mãe não trabalha mais. Prepara o café bem cedo para mim, me acompanha à porta, com orgulho do meu uniforme azul-marinho, das botas e das luvas de borracha. "Um especialista", ela diz. "Meu Doutor." Na verdade eu não sou exatamente isso que ela pensa, iludida pelo cansaço dos anos e talvez pelo meu uniforme limpo das manhãs. É verdade que tenho uma especialidade. Sou um auscultador de canos. Trabalho em uma desentupidora, sou chamado para resolver casos especiais.

Não uso um estetoscópio como gostaria minha mãe, mas encosto o ouvido em um ferro comprido, de pontas fechadas, para detectar o rumo das águas, encontrar caixas de esgoto escondidas debaixo dos pisos, entupidas após anos de uso, ou, em muitos casos, por pêlos de cachorros ou gatos de estimação. Chego em casas reviradas, com os pisos arrancados, cujas caixas de esgoto não estão onde as plantas indicam, a fraude dos engenheiros é que garante, em grande parte, o meu emprego. Ausculto o caminho das águas, e indico onde se deve quebrar. Sou um caçador de caixas de esgoto ocultas, de manilhas arreadas, de canos que dobram onde não deviam dobrar. Cavo jardins com o ferro em meu ouvido, sigo o barulho das águas despejadas nas latrinas e dou o diagnóstico do que ocorre debaixo do chão.

Meus colegas me apelidaram de *Doutor*, acho que algum deles ouviu minha mãe se despedindo de mim uma manhã. No começo eu não gostei, agora não dou importância. Gosto do que faço, do silêncio em minha volta quando dão a descarga e eu começo a auscultar. No entanto, depois que as águas passam tenho sempre a impressão de ouvir um coração pulsando. E uma risada incômoda saindo dos canos.

Luiz Schwarcz (São Paulo, 1956) é editor e publicou dois livros infantis pela Companhia das Letrinhas: Minha vida de goleiro *e* Em busca do Thesouro da Juventude. *Além disso teve um conto — "Empreendimento de alto padrão" — incluído na coletânea* A alegria, *publicada pela Publifolha.*

Cerimônia do chá

Maria Telles Ribeiro

— Quem vai servir o chá, se a Penha não vem hoje?

— Não pode desmarcar?

— Em cima da hora? Imagine! Há mais de dez anos que nos reunimos às quintas-feiras.

— Hoje é o seu dia.

— Luíza, você vai servir o chá.

— Eu, não. Só sei desses chazinhos que a senhora toma à noite.

— Nunca serviu à francesa?

— Nem à brasileira.

— Fazia o quê, antes de ser acompanhante?

— Cuidei de muito menino. Quero mais não.

— Mas é só preparar o carrinho. Já viu isso tantas vezes!

— Nunca prestei atenção.

— Abra a cristaleira. Apanhe o samovar.

— Samovar?

— Dos czares da Rússia. Dos tempos do meu avô.

— Seu avô era russo?

— Bota em cima da mesa.

— O açucareiro ainda está cheio.

— Passe uma flanela, dê um brilho.

— Não sei como não deu formiga.

— O bule grande é o da água quente.

— Bule-grande-água-quente.

— O bule pequeno, do leite. Leite frio.

— Bule-pequeno-leite-frio.

— O pirezinho do limão.

— Pirezinho-do-limão.

— Em tirinhas. Sem casca.

— Sem casca.

— Bem fininhas, as tirinhas.

— Chazinho de bonecas.

— A lata verde é do chá.

— Não é o de saquinho?

— Que saquinho! Chá inglês, do bom.

— Não-vou-saber-fazer-não-senhora.

— É muito simples. A água fervendo para a infusão.

— Isso o que é?

— O chá no bule grande, a água por cima.

— O leite frio e ramplam!

— Mas só na hora.

— Que hora?

— Esse é que é o seu mal, Luíza. Não presta atenção.

— A professora já dizia...

— Somos cinco. A medida: uma colher por pessoa. Até parece que você nunca tomou chá!

— Tomar tomei muito, em pequena. Chá de cadeira também. Só falta o chá de sumiço.

— O chá é a bebida mais antiga do mundo. Vem da China.

— Tudo não veio da África?

— Da África é o homem. Estamos falando de chá. Aproveita e desce a louça. A da Companhia das Índias.

— Chá das índias?

— A porcelana azul.

— ...

— Não foi na China. Foi na Índia. Países muito antigos, Luíza. No Japão é uma cerimônia com etiqueta ritual e tudo.

— Aqui é pra todos: bocós, coiós, donzelas aflitas, viúvas esfogueadas, capiauzinho de mãe sem leite; magrelos, manipansos.

— Mani quê?

— Gordos.

— Cuidado com a louça. Separe cinco de cada.

— Cada o quê?

— Cada coisa, Luíza, o que poderia ser? Cinco xícaras.

— Tem uma com a asinha colada.

— Famoso, o chá verde japonês.

— Aqui só de capim temos vários! O azul, o amarelo, o melado, o limão, o mimoso. O capim santo, o capim cidreira...

— Tem um filme antigo tão bonito! *A casa de chá do luar de agosto*. Marlon Brando de quimono, as gueixas.

— ...

— Uma arte belíssima, a cerimônia do chá. Quanto maior o prazer de prepará-lo, mais delicioso para quem o tomar.

— O meu então vai ser de amargar.

— O relaxamento da mente.

— Também temos. Para tremedeiras, soluços, desmaios, calores súbitos, suores gelados, suores quentes. Para aquecer mulher fria. Para esfriar mulher quente. Para homem...

— A idéia é elevar a mente ao seu mais alto grau de harmonia.

— Então é a raiz do salgueiro. Não tem nada melhor. Mas essa não é de beber.

— É de quê?

— De olhar, só de olhar.

— ???

— Se deixar a raiz à noite num lugar escuro ela deita uns vapores estranhos. Aí é só jogar água benta e fazer o pedido.

— Crendices.

— Água benta não é bom pra tudo? A senhora mesma não tem no quarto uma piazinha cheia? Então. Verdade! É um segredo que vem de longe. De Montesserrate. Do tempo dos mouros.

— Dos mouros?

— É o que dizem.

— E essa raiz é boa pra quê?

— Para a pessoa ficar extasiada.

— Extasiada de quê?

— Do que quiser.

— Cuidado. O prato grande é do bolo. Já está pronto na forma.

— Não-sou-boa-de-desenfornar-bolo-não-senhora.

— Aproveita separa a toalha. Primeira gaveta.

— ...

— E os guardanapinhos.

— De papel?

— Os bordados iguais à toalha.

— Estão manchados.

— Passe uma agüinha, seca depressa.

— ...

— O uniforme está na terceira gaveta. Ainda bem que a Penha tem seu corpo. Se for preciso faça uma bainha.

— Este meu não serve?

— Acompanhante é acompanhante copeira é copeira.

— Lá isso é.

— A touquinha está junto.

— Vou botar touquinha?

— Mas claro.

— Meu cabelo não segura.

— Prega um grampinho. Até que seu cabelo seria bonito se tivesse trato.

— Minha mãe dizia...

— L U Í Z A!

— ??

— Os canapés! Já ia me esquecendo.

— Isso o que é?

— Os salgadinhos.

— Aqueles biscoitinhos?

— Que biscoitinhos! Canapés. O pão está cortado é só passar as pastas.

— Pastas? Que pastas?

— O *foie gras*, o salmão, os queijos. Queijos estrangeiros.

— Os russos, os ingleses.

— Os franceses. O *Brie*, o *Alouette*, *La Vache qui rit*.

— La Vache.

— Esmague com o garfo...

— E é tão tal.

— Mas antes passe a maionese.

— Onde?

— No pão, onde havia de ser?

— Certo.

— Misturada com creme de leite.

— Antes mesmo de quê?

— Das pastas.

— Ah, sim.

— Pouca.

— Pouquíssima. Espera aí: a maionese no pão, o creme de leite na maionese, as pastas...

— Não em todas as pastas.

— Não!

— Na de atum pode.

— Esta onde está?

— Tudo com ovo picado ou azeitona.

— Onde?

— No tomate, na alface. Onde havia de ser?

— Por quê? Vai ter salada?

— Não se esqueça de lavar bem as folhinhas.

— ...

— Água filtrada com vinagre. Olha a dengue.

— Brava!

— E como sempre tem alguém que pede uma geléia...

— Será?

— Bote os potes no carrinho. Embaixo.

— Acabou?

— O resto é de somenos.

— É de quê?

— Ah, o mel está no armário da copa.

— Mais fácil um peru de Natal. Muito mais fácil!

— Mel não se bota na geladeira, sabia?

— Daqueles enormes! Para vinte pessoas.

— Deixa ver se tem mais alguma coisa...

— Recheado. Socar tudo lá dentro! Farofa, miúdos, castanhas, nozes, passas.

— Ah, sim. Separe o vestido verde.

— Bem socado.

— Bata bem as pregas.

— O peito e as perninhas pra cima. O forno faz o resto.

— As joinhas eu mesma vejo. Basta me botar os bobes. Ah, o sapato gelo.

— E a bolsinha?

— Dona de casa não usa bolsinha.

— É mesmo.

— Antes que me esqueça, telefone para o florista. Peça rosas amarelas.

— Quantas?

— Quinze. Sempre ímpar o número de rosas. Aprenda.

— O negócio é socar.

— Comece já, por esta sala. Passe o aspirador e um pano nos móveis.

— Bem socado.

— Retoque o banheiro. Troque o sabonete, as toalhas.

— É no que dá trabalhar nas casas alheias.

— E pelo amor de Deus não vá me tropeçar no tapete com o carrinho.

— Oi dona Luíza
Morreu seu José
E a dona Maria
E o cachorro Bicó.

— Que cantilena é essa?

— É lá da minha terra. O cachorro Bicó é pra gente não ir junto.

— Estamos em cima da hora.

— E para golão traga Matão
Vai do pato chião o militão.

— Vamos, vamos.

Maria Telles Ribeiro é carioca, morou em diversos países, entre os quais Suíça, França, Grécia, Chile, Turquia, Haiti, Guiana e Taiwan. É autora de Louvor dos agraciados (*poemas, 1999*), De mulheres e sombras (*contos, 2001*) *e* Água da fonte (*poemas, 2002*).

O meu quarto

Ana Miranda

Li num livro que o quarto de uma pessoa mostra o que ela é, e quando entrei no meu quarto fiquei pensando nisso, acho que é verdade, porque quando quero que alguém me conheça eu convido esse alguém para subir até o meu quarto, o meu quarto fica no topo da casa, a casa é um chalé de madeira perdido no meio de uma floresta, o que já quer dizer, por exemplo, que eu vivo inventando estratagemas para que alguém me leve à cidade, ou à casa de alguém da minha galera, ou à casa do meu namorado que era meu ficante e estamos namorando faz mais de um ano, mas eu estava falando sobre o meu quarto, no alto da casa, subo uma escada em caracol para chegar ao meu quarto, e o meu quarto tem a forma triangular, porque os telhados da casa formam as paredes do quarto, e isso já é outra coisa engraçada, que pode dizer um pouco sobre mim, eu vivo mesmo perto dos telhados, das nuvens e dos passarinhos, e quando eu entro no meu quarto tranco a porta, e fico ali dentro sozinha, horas e horas, sonhando acordada, voando na imaginação, pensando mil fantasias, o meu quarto é cheio, cheio, cheio de coisas, tantas coisas que eu acho que a pessoa fica confusa e não me entende, porque cada uma daquelas coisas tem uma história, uma lembrança, então acho que só eu posso compreender o meu quarto, a maioria das pessoas não olha os detalhes do meu quarto, olha uma coisa aqui e outra ali, mas eu vejo tudo ao mesmo tempo, são tantas coisas, umas de quando eu era criança, um urso de pelúcia, um tigre que serve de travesseiro, um coelhão, em volta da cama ficam os meus bichos de pelúcia grandes e os pequenos ficam numa prateleira, o gato de Wisconsin, o coelho que eu ganhei dos filhos do Tom Waits, o boneco de neve que eu trouxe de Nova York, a bruxinha do Halloween que eu passei em San Francisco, o gato com rabo de arco-íris da Toys R Us, o gatinho peludo da Califórnia, que foram os bichos de pelúcia que eu guardei, porque são também lembranças de viagem, e eles falam sobre mim, eu fui uma criança viajante, a minha mãe trabalhava nos Estados Unidos e eu sempre ia lá, quando eu era criança o meu quarto era cheio de brinquedos e enfeites e ursos e gatos de pelúcia, mas conforme foi passando o tempo eu fui mudando e o quarto também foi mudando, e hoje o quarto é lotado de fotos de esportes radicais, eu faço o possível para ele estar sempre agitado, ligo a tevê, o computador, o rádio, para eu não ficar sozinha, para me sentir com companhia, a porta do meu quarto já é um sinal de o que a gente vai encontrar lá dentro, que eu sou verdadeira, a roupa que eu visto, os enfeites que eu uso, o meu cabelo dread locks, um look do Bob Marley, que enrolava as mechas de cabelo com cera de abelha, mas o meu é feito com gelatina, são para explicar o que eu sou de verdade, e eu sou sempre a mesma, não é difícil me descobrir, a porta, como eu ia dizendo, é coberta de fotos de skate e surfe que eu tiro da internet, ou de revistas, e adesivos que eu vou comprando ou ganhando ou trocando, uma mistura estranha, assim como eu sou uma mistura estranha, adesivos de um artista plástico que faz arte pop para a MTV, etiquetas de roupas, adesivos de avião, uma placa que eu comprei na Disney, um adesivo do Rotary Paz, Paz & Amor no Trânsito, Não Fume, o Wolverine, e umas frases com que eu concordo, por exemplo, Planejar o futuro é uma fuga, eu acho que planejar o futuro é mesmo uma fuga de viver o dia e olhar o que está acontecendo agora, quando eu era criança eu nunca planejava o futuro e o tempo para mim parece que não passava, nem existia, só o presente, e tudo era mais intenso, hoje às vezes eu fico planejando o futuro, pensando no que eu vou ser, no que eu vou estudar, marketing, ou comunicação, ou sei lá o quê, chega de pensar no futuro, ah pensar no futuro cansa tanto! E quando vejo, o tempo passou e eu não percebi, Divirta-se, já que você não consegue mudar nada, essa é outra frase que fica na porta do meu quarto, a gente consegue mudar alguma coisa no mundo, um pouco, pouquíssimo, quase nada, e acho que o mundo muda mais a gente do que a gente muda o mundo, essa questão de mudar o mundo ou não mudar o mundo e divertir-se ou não se divertir me toma um pouco do pensamento, e converso sobre isso com o meu namorado, já faz mais de um ano que estamos namorando, acho que isso eu já disse, eu estava falando sobre o meu quarto, que é um retrato meu, a boneca do tantofaz.net levantando a blusa e mostrando o sutiã, minhas minifotos, uma prateleira com livros, enciclopédia que eu raramente abro, um monte de porta-retratos com fotos, os cartazes do *Pânico 2* e *Pânico 3*, uma reportagem de jornal sobre a turnê do Limp Bizkit e do Eminen, pôster do Tom Cruise, adesivos de desenhos animados, pantufas de todo tipo, especialmente uma do Garfield que o meu namorado me deu, meus patins, uma cesta de basquete que dá na cesta de lixo, a minha mesa de trabalho é a maior bagunça, quer dizer, parece a maior bagunça, outra coisa que explica muito sobre mim, porque na maior bagunça a mesa completamente ocupada de coisas é na verdade bem-arrumada, e tudo fica organizado, uma lista das portas de computador e de todos os vírus que podem infectar cada uma delas, não tenho medo de vírus mas não custa nada se cuidar, todas as canetas ficam juntas, e os lápis de cor, e os bilhetes dos meus amigos e do meu namorado: Te adoro PH e amo a Thaís, Li eu te amo muito e vc sabe que eu sou sua melhor amiga, né, hi-hi, o meu número do CPF, que eu nunca preciso mas tenho orgulho de já ter número de CPF e ID, os telefones dos meus melhores amigos, porque não decorei todos, parece uma bagunça, mas é tudo muito bem organizado, a questão é que só eu conheço a minha organização, os disquetes juntos, os CDs, música eletrônica, Punk e Rock, Punk melódico, trilha sonora de filmes de ação, CDs de rádios, Jovem Pan, 97, Metropolitana, 89, os meus prediletos na fila de cima, Blink 182, Green Day, X, um rapper, que não é daqueles forçados de periferia, um rapper mais tranqüilo, o DJ Marky Mark, Bad Company, de música eletrônica, Gi Gi d'Agostino, Kosheen, o DJ Patife, muito bom, até meu pai gostou, forró, Fala Mansa, Rastapé, Bicho de Pé, Nirvana, Metallica, Iron Maiden, importantíssimos para o mundo jovem, Legião Urbana, e o aviso Perigo: Morte Alta-Tensão, o meu celular, o meu computador todo enfeitado, uma estrela-do-mar, de pelúcia, em cima do monitor, a moldura da tela coberta de adesivos e frases, O amoroso é sincero até quando mente, essa frase também diz muito sobre mim, acho que a mentira sempre esconde uma verdade, o teclado todo rabiscado de grafite e palavras japonesas, a minha cama é de casal, adoro dormir assim com bastante espaço, eu mexo muito de noite, acho que tenho sonhos agitados, mas nunca me lembro dos sonhos, só raramente, deito na cama e fico olhando os milhões de estrelinhas que brilham no teto do quarto porque tenho um céu artificial e a janela de vidro que fica no telhado mostra o céu verdadeiro, então os dois se misturam, mas eu sei distinguir as estrelas verdadeiras das estrelas artificiais, eu fico às vezes pensando na minha galera, que deve estar nas baladas, nos lugares para sair à noite, barzinhos, danceterias, festas, e eu sozinha, trancada no meu quarto sem dormir brinco com o raio de lua no meu anel, tentando lembrar o que sonhei, olho as portas de vidro que dão para a mata, elas têm os quadrados de vidro cobertos de adesivos colados um perto do outro, porque eu prefiro ver as coisas coloridas do meu mundo e imagino que estou na cidade, e não na mata, ouvindo Raimundos e não corujas, Entrada Proibida, fotos de meus amigos, um ventilador sempre ligado no verão, maletas, caixas, caixinhas, saquinhos guardando tudo o que eu tenho, um de colares e pulseiras, um de óculos, uma lata só para os brincos, uma caixa só para esmaltes de unha coloridos, e umas tintas de cabelo, porque pintei o meu de vermelho, depois de azul, depois roxo, verde, rosa, e hoje está cor de laranja, tudo isso significa que o meu quarto é a minha casa, porque por enquanto eu não tenho casa, no meu quarto tenho tudo o que eu quero e de que eu gosto, do meu jeito, e como o mundo não é como eu queria que fosse, e não é meu, eu faço o meu mundo dentro do meu quarto.

Ana Miranda nasceu em Fortaleza, no Ceará. Morou lá até os quatro anos de idade. Em seguida viveu no Rio, depois em Brasília, depois de novo no Rio a vida quase toda, e agora está em São Paulo. Sempre gostou de ler, desde crianca, gostava mais de ler do que de brincar, lendo fugia do seu mundo e gostava de fugir do seu mundo porque ele era complicado demais. Tinha muita imaginação, gostava de inventar histórias, e isso já era uma aptidão para ser escritora. Mas nunca passou pela sua cabeça que pudesse ser escritora, achava que isso era demais para ela, só para escrever a redação da escola, de quinze linhas, todos os dias, penava, e penava, e penava, e sempre achava que estava horrível. Sempre gostou de trabalhar. Trabalhava desenhando e escrevendo. Escrevia poesias, diários, cadernos de sonhos, histórias inventadas. Enchia cadernos e cadernos com rabiscos, rascunhos, anotações, lembranças. Sempre teve necessidade de escrever, vinha lá de dentro, se não escrevesse, o mundo ficava errado. Então escrevia, escrevia, mas era tudo secreto. Quando já estava meio velhinha, aos 27 anos, publicou seu primeiro livro, de poesias. Depois outro. Começou a escrever um sonho que teve, e ficou dez anos escrevendo esse sonho, que acabou virando um livro, o Boca do Inferno, *um romance passado no século XVII, e achava que ninguém ia se interessar por um tempo tão antigo. Mas muita gente se interessou, o livro fez o maior sucesso, foi traduzido e publicado em outros países, e quando ela viu, era uma escritora. Escreveu e publicou* O retrato do rei, A última quimera, Desmundo, Amrik, Dias & Dias... *Hoje já tem treze livros publicados, e adora escrever, mas continua penando, penando e penando para escrever quinze linhas e quase sempre acha que está horrível.*

O embrulho da carne

Sérgio Sant'Anna

Ela pára de chorar e, aos poucos, vai conseguindo articular as palavras.

— ... o fogo, eu estava paralisada, hipnotizada. Eu só queria que a mulher enforcada desaparecesse sem deixar vestígios. Mas a chama cresceu e me descontrolei completamente e comecei a gritar pela Neuza.

— Pode contar mais devagar, Teresa, se você quiser. Reservei uma hora e meia para você.

Ela amassa no cinzeiro o cigarro molhado de lágrimas.

— Quanto tempo já passou?

— Só oito minutos, Teresa. Você ainda tem bastante tempo. Aliás, não é só hoje. Nós temos muito tempo pela frente.

— É que o jantar está marcado, Elias, e agora não sei o que fazer. Mas tudo bem, vou tentar me controlar. Talvez assim você me entenda melhor.

— Talvez assim você também se entenda melhor, Teresa.

— Bom, eu segui mais ou menos as suas recomendações:

reduzi os remédios e procurei fazer só o que tivesse vontade, não forçar nada. Quer dizer, forçar eu forcei um pouco; senão, não teria coragem de telefonar para ele e muito menos de ir ao açougue. Você sabe como me sinto num açougue.

— *Ele* é o homem que ajudou você quando você bateu o carro?

— Sim, o Ivan. Está certo que só telefonei para ele depois de tomar os remédios, mas eles ainda não deviam estar fazendo efeito. Mas é igual a acender um cigarro, você me entende, uma bengala para a insegurança. (*Ela sorri, porque tira um cigarro do maço. Mas não o acende.*) E, sabendo que eu já tinha tomado os remédios e logo ia dormir, eu me sentia mais segura para falar com ele. E ele aceitou na hora o convite para vir jantar no dia seguinte; quer dizer, hoje, e agora estou desse jeito e não sei o que fazer. Ele falou que ia trazer o vinho e me perguntou se a gente ia comer carne ou peixe; então eu perguntei o que ele preferia e ele disse carne, prontamente, de um modo que me pareceu malicioso e me incomodou um pouco, pois, afinal, ele era praticamente um estranho, que só viera ao meu apartamento por causa de um acidente. Tentei explicar a ele, embaraçada, que eu lhe devia um agradecimento, e ele disse, rindo, "Não há de quê, foi um prazer", e só então percebi que minhas palavras podiam estar sendo levadas além da conta. Ou talvez não, sei lá. Mas eu não queria estragar as coisas e disse, rápido e baixinho: "Pra mim também". Eu só queria ser uma mulher normal convidando um homem simpático para jantar, talvez um possível namorado, mas ainda não. Estava nervosa e encabulada, mas quando me deitei estava tudo bem, e aí, sim, os remédios já deviam estar fazendo efeito e me senti contente comigo mesma, com a minha coragem.

— Você está dormindo bem com a meia-dose dos remédios, Teresa?

— Estou. Quer dizer, com a meia-dose as coisas ficam só a metade melhor, ou só metade pior — ela ri nervosamente. — O problema não é esse. Hoje de manhã eu também estava bem, antes de ver a mulher enforcada de quem falava no princípio. Tanto é que resolvi comprar eu mesma a carne, porque empregada o açougueiro não respeita e eu queria um bom filé mignon para fazer um estrogonofe.

— Você acha que foi ao açougue só por isso?

Ela acende o cigarro:

— Eu sei o que você está pensando. É claro que fui ao açougue também porque queria me experimentar. E não aconteceu nada demais lá, o problema foi depois. Quer dizer, pensar aquelas coisas de sempre eu pensei, e por mais que você aponte um problema meu aí, continuo a achar que eu apenas tenho mais consciência do que as outras pessoas e por isso sinto mais. Eu até como um bife com fritas numa boa, adoro, mas no açougue é diferente, toda aquela carne vermelha e gordurosa, cadáveres dependurados, de seres como nós. A única diferença é que não são nossos semelhantes, aliás até que são, só que de outra espécie. Mas eles também têm anima. E quem disse que temos mais direitos do que eles? Quantas vezes não pensei, e até já disse, se não seria a mesma coisa se um homem de uma raça superior, ou um ser de outro planeta, sei lá, criasse a gente desde criancinha, para depois comer?

— Mas existe de verdade esse ser superior que come a gente, Teresa?

— Não adianta, eu sei aonde você quer chegar. Estou falando de comer de verdade, devorar. Não existe, mas poderia existir. Aliás, até já existiram: os canibais. Mas estou falando é da minha consciência. Não consigo entrar num açougue achando tudo natural. Quer dizer, natural até que é, porque a vida é exatamente assim, uns devorando os outros, só que eu tenho consciência disso o tempo todo e as outras pessoas não. Mas qual a diferença entre nós e os canibais? Nenhuma. Só porque a gente come carne de bicho e eles comiam de gente? Mas, pensando bem, os selvagens eram até mais sadios do que nós, porque a vida é assim e eles não ficavam se remoendo o tempo todo. Ou os bárbaros, que iam lá, atacavam as outras aldeias, matavam, estupravam. Foi isso o que fizeram com aquela mulher do jornal.

— A diferença talvez esteja no amor, Teresa.

Ela apaga o cigarro com raiva, antes de chegar à metade dele.

— Amor, que amor?

— Você estava comprando carne para um homem no qual está interessada, Teresa. Os homens que mataram aquela mulher não podiam sentir nenhum amor.

— Bem, quanto a isso não há a menor dúvida. — Ela tenta dar uma risada sarcástica, que se interrompe bruscamente, para ceder lugar a um sorriso quase imperceptível de satisfação. — E se você quiser chamar de amor o meu caso, pode chamar, mas eu não tenho nenhuma certeza disso. Eu já disse a você que eu estava querendo me testar. Por isso nem deixei a Neuza cortar a carne, queria fazer tudo com minhas próprias mãos. E para fazer um estrogonofe, você sabe, a gente corta o filé em pedacinhos, mete a mão na carne pra valer. E, enquanto eu estava fazendo isso, sentia as pernas bambas. Mas não era só por causa da carne; era também porque me lembrava da batida do carro e de como o Ivan me trouxe até em casa, e senti que estava me metendo numa aventura louca, eu nem conhecia direito o Ivan e estava ali cozinhando para ele, como uma mulherzinha, e não nego que isso ao mesmo tempo me excitava e metia medo.

E você sabe que na cabeça da gente passa uma porção de coisas ao mesmo tempo e, na minha, era como se o Ivan tivesse me levado até o quarto naquele dia, e não a Neuza. Passava também o meu marido, era como se o Ivan se confundisse com o Rodrigo, que me levava até a cama e trepava comigo. E aí eu senti como se estivesse para trair o Rodrigo, quando, na verdade, foi ele quem me deixou. Mas eu acho que teria seguido em frente sem maiores problemas, pelo menos com o estrogonofe, se não fosse o jornal que embrulhava o plástico com a carne. Então o verdadeiro problema não foi o Ivan, nem meu marido, nem a carne, foi o embrulho da carne. Quanto tempo falta?

— Cinqüenta e oito minutos, Teresa.

— Parece que aquela mulher tinha mesmo de entrar na minha vida, para detonar tudo. Como se tivesse um encontro marcado comigo. Entenda bem que eu embolei o jornal que embrulhava o plástico com a carne e atirei-o na lata de lixo, só que ele caiu fora da lata. E, não sei por que, num determinado instante, talvez porque o jornal se mexesse enquanto eu cortava a carne pensando naquelas coisas todas, olhei para lá e não pude deixar de ver. A mulher enforcada no vagão do trem. Ela foi enforcada com a própria saia. Amarraram a saia no pescoço dela e a puxaram pelas pernas. Não tenho certeza, mas acho que o jornal fez um barulhinho se mexendo, que me assustou. Essas coisas acontecem, um papel embolado se mexer. Aí eu me fixei na foto da mulher e não consegui mais me desligar. Foi como se ela me atraísse, me obrigasse a olhá-la.

— Mas aquele jornal que trazia uma cabeça degolada você parou na banca para ver, não foi, Teresa?

— Havia um grupinho de pessoas em frente à banca e fiquei curiosa. Algumas estavam rindo e a manchete não deixava mesmo de ser engraçada: ACHARAM A CABEÇA. (*Ela ri, nervosamente, e parece sentir um prazer compulsivo ao recontar a história.*) E ali estava aquela cabeça, na vertical, em cima de uma mesa de sinuca. Os matadores haviam esquartejado o homem e espalharam os pedaços dele em locais diferentes, deixando bilhetinhos gozando a polícia. Na hora eu cheguei a rir um pouco, porque, de fato, havia um amor sinistro, quer dizer, um humor sinistro naquilo. Mas depois, quanto mais eu queria afastar aquela cabeça do meu pensamento, mais ela se grudava nele. Você sabe o que eu passei. Não gosto nem de lembrar.

O doutor Elias sorri com bonomia.

— Você disse um amor sinistro, Teresa.

— Eu sei, eu percebi. Dou o braço a torcer.

— Você também me disse, na época, que sentia inveja daquela cabeça porque ela não pensava mais.

— Você está querendo me gozar, Elias?

— Você sabe que não, Teresa. É porque há coisas importantes para a gente ver aí. E talvez você se obrigue a ver de perto as coisas que mais teme. Por que você pegou o jornal no chão para ler?

— Eu já disse, era como se eu fosse mesmo obrigada. Já tendo visto a mulher, eu não podia ignorá-la, fingir que tudo ia no melhor dos mundos. Eu ali na minha cobertura (*ela diz isso com autodesprezo*), preparando um estrogonofe, e a mulher dependurada na cabine do trem fantasma, como estava escrito no jornal. Porque era uma velha composição abandonada no pátio de manobras da estação de Bangu. Os maquinistas de outros trens cruzavam o local e as luzes dos faróis batiam de relance naquela cena macabra. Esses detalhes eu só li depois, mas já não podia mais mexer com a carne e pensei que fosse vomitar ou desmaiar. A Neuza entrou na cozinha, e disfarcei o jornal debaixo do braço e mandei que ela terminasse de aprontar a carne, embora, a essa altura, eu já não quisesse mais saber de estrogonofe nem de jantar nenhum. A Neuza disse que o meu rosto estava branco como cera e perguntou se eu estava passando mal. Eu disse a ela que não era nada e fui para o quarto e me atirei na cama, toda trêmula, com o jornal na mão. Não conseguia nem chorar.

— Você levou o jornal para o quarto para terminar de ler a reportagem, Teresa?

— Foi e não foi. Porque eu queria dar um sumiço naquele jornal, não queria que a Neuza me visse com ele. A Neuza é do tipo de pessoa que lê esse tipo de notícia e, por alguma razão, eu não queria que ela soubesse que eu vira a foto da moça nua, enforcada. Sei lá, eu não queria que a Neuza pensasse nada, ela sabe que sou meio esquisita e eu teria vergonha se ela entendesse o que se passava dentro de mim. É tudo muito complicado, porque também pensei em jogar o jornal pela janela do meu quarto, mas que sujeira eu ia fazer; (*sarcástica*) o que os vizinhos podiam pensar? Mas a outra verdade — a verdade mesmo, eu acho — é que eu só tinha visto a fotografia e passado os olhos na reportagem e precisava ler aquela notícia, do princípio ao fim, como se fosse covardia, ou uma traição à moça morta, se eu não lesse. É isso. Se a moça tinha passado por aquilo tudo, eu tinha, no mínimo, obrigação de saber tudo, saber como são as coisas. Meu coração pulava pela boca, mas me deitei na cama, abri o jornal e fui lendo os detalhes, um por um: que era uma moça humilde, de uns vinte anos, presumivelmente, com roupas surradas e calçando um velho tênis cor-de-rosa, com um buraco na sola. Isso, no tênis que ainda estava no pé dela, porque o outro estava caído no chão do vagão, junto com a calcinha, a miniblusa e o sutiã. Segundo os policiais, ela provavelmente fora atraída por um homem para um encontro amoroso no vagão do trem abandonado, o trem fantasma, que serve de abrigo para mendigos, marginais e viciados em drogas, conforme o depoimento dos moradores da região. Chegando lá, havia, com certeza, pelo menos mais um homem esperando, e ela pode ter resistido, pois foi brutalmente espancada, antes de ser estuprada e morta, e isso a gente podia ver pelo rosto desfigurado dela na fotografia.

Teresa faz uma pausa, retendo o choro. Depois, continua.

— Como é que alguém pode transar com uma mulher assim, e, depois, ainda amarrar ela pelo pescoço num daqueles ferros que ficam no teto dos vagões e puxá-la pelas pernas, até ela morrer? Como é que pode?

Teresa não consegue mais reter as lágrimas enquanto fala.

— Você já pensou no terror que ela deve ter sentido ao ser estuprada e morta? E ela deve ter pedido: "Pelo amor de Deus, não me matem". Mas que Deus é esse, que deixa acontecer uma coisa dessas? Será que não é melhor morrer do que viver num mundo assim?

— Você chegou a sentir inveja daquela moça, Teresa?

— Não, é claro que não. Apenas pensei que deve ter sido melhor para ela quando ela morreu. Quando acabou tudo.

— Você não acha que a sua vida é muito diferente da vida daquela moça? Ela é digna de lástima, sem dúvida. Mas é toda uma outra situação.

Teresa assume um tom raivoso:

— E daí? Ela entrou na minha casa junto com o jornal, como se estivesse pedindo socorro, solidariedade, exigindo que eu olhasse para ela, como se dissesse que aquilo podia acontecer com qualquer uma de nós. E pode mesmo. Não é porque eu sou mais ou menos rica que não pode acontecer comigo. Talvez não em Bangu, mas pode acontecer. — Teresa tenta rir, mas não consegue.

— Será que você também não está pedindo socorro, Teresa?

— Estou, Elias. Eu estou pedindo socorro sim. Eu não agüento mais.

— E eu estou aqui para isso. Estou aqui com você.

— Está, mas é um profissional. Naquela hora que eu liguei você estava ocupado.

— Estava, Teresa, mas assim que ouvi seu recado na secretária eletrônica, tentei ligar para você. Seu telefone deu ocupado e tive que esperar mais uma hora, por causa de outro cliente.

— E aí já era tarde, eu já tinha me descontrolado e engoli um Melleril, sem água nem nada. Mas isso foi o de menos, o pior foi o fogo. Eu posso ser uma burguesinha fresca que faz análise, mas, de repente, aquela moça enforcada era eu, entende? E muito mais do que você imagina. Porque eu era ela até fisicamente, pois minha mão estava suja da tinta do jornal e engordurada da carne. Na pressa de sair da cozinha, nem lavei as mãos e, para mim, eu estava engordurada era da carne da moça. Ao mesmo tempo, era eu quem balançava, enforcada, na escuridão da noite, num vagão de trem abandonado. E não havia ninguém para vir em meu socorro; não havia ninguém comigo.

— Mas agora eu estou aqui com você, Teresa.

— Está, mas naquela hora não. — Ela acende mais um cigarro. — E foi um impulso irresistível: peguei o isqueiro que estava ao lado do maço de cigarros, em cima da minha cama, e ateei fogo no jornal, assim bem embaixo da folha. Não sei se faz sentido para você, mas para mim faz todo: eu queria que aquela imagem e aquela notícia e meus pensamentos desaparecessem, então só podia ser com o fogo. Porque o fogo consome e purifica tudo. Está aí a explicação de por que eu quase toquei fogo no meu quarto.

— Queimou muita coisa, Teresa?

— Queimou bastante a roupa de cama e um pouco do colchão, pois quando a chama cresceu e ia queimar minhas mãos, eu tive que pular da cama e largar o jornal. Mas se não fosse a Neuza me acudir, podia ter queimado muito mais. Eu estava paralisada, só conseguia gritar. E demorou um pouco até eu perceber que a porta do quarto estava trancada por dentro. A Neuza ficou esmurrando a porta e quando, finalmente, eu me toquei e abri para ela, ela teve a presença de espírito de pegar um cobertor no armário e abafar o fogo. Depois ela trouxe um balde d'água para jogar no colchão que ainda fumegava, e ficou me perguntando aquelas coisas todas. Se eu estava bem. Como é que aquilo tinha acontecido. Mas o que eu ia dizer? Que tocara fogo num jornal por causa da moça enforcada? Ainda havia um pedacinho ou outro do jornal chamuscado, mas a moça, felizmente, tinha desaparecido. Então eu disse que fora um cigarro, mas a Neuza não era tão trouxa assim para acreditar, e foi ela quem sugeriu que eu ligasse para o Rodrigo.

Teresa olha para o cigarro, que já queimou quase até o filtro, e o apaga. Elias diz:

— Deve ter sido quando você tentou falar com o Rodrigo que eu liguei para você, Teresa.

— É, deve ter sido, mas o que mais me emputece é que foi aquela jararaca, aquela lambisgóia da Silvana quem atendeu. E olha que eu cheguei a pensar em ligar para o Ivan, inclusive para desmarcar o jantar, mas eu estava histérica e o que ele ia pensar de mim? Um dia uma batida de carro; noutro dia um incêndio... Aí eu pensei: estou separada do Rodrigo, mas ele não é meu inimigo, até pelo contrário. E o apartamento também é dele, ainda não repartimos os bens. Mas isso era uma desculpa pra lá de esfarrapada, eu estava querendo era que alguém me amparasse, me protegesse. Eu devia ter adivinhado que, numa hora daquelas, o Rodrigo estaria trabalhando e quem ia atender era a Silvana. E não deu outra. E sabe o que ela me disse com aquela vozinha dela, de megera meiga, quando eu perguntei pelo Rodrigo e contei o lance do fogo — é óbvio que sem explicar como tudo começou? Ela disse que estava no sexto mês de uma gravidez complicada e que o médico recomendara que ela permanecesse calma e em repouso. Aí ela pediu, sempre com aquela voz sonsa, de mulherzinha submissa, a minha compreensão. Para eu não ligar para o Rodrigo hoje, não levar mais problemas para ele, que já andava preocupadíssimo com ela e com o filho que vai nascer. Ela falou isso com uma voz de súplica educada, mas tapa com luva de pelica é pouco para definir o que ela fez comigo, jogando na minha cara o fato de eu nunca ter tido um filho com o Rodrigo, de puro medo, você sabe muito bem, aquele negócio de ter uma criatura dentro do meu corpo, que depois vai rasgar as minhas carnes para nascer num mundo desses. Mas eu não ia dar para a Silvana a satisfação de me ver mais desarvorada do que já estava e eu disse, apenas: "Está bem, obrigada, desculpe o incômodo", e pousei, suavemente, o fone. Mas é claro que comecei a chorar e só pensava nisso: "Meu Deus, eu não tenho ninguém". Mas aí, logo depois, você ligou.

— Eu percebi, por sua voz na secretária, que você queria muito estar comigo, e sabe o que eu estou pensando agora? Se a gente também não tinha um encontro marcado desde o princípio?

Ela dá uma risada, entre bem-humorada e levemente histérica, e acende outro cigarro.

— Essa não, Elias. Você não está sugerindo que eu quase toquei fogo no apartamento para marcar uma sessão extra com você, está?

O doutor Elias fala com uma voz, talvez deliberadamente, serena e afetuosa.

— Talvez, Teresa. Mas não é assim tão pau, pau; pedra, pedra. Mas estou me lembrando de que você disse que era como se aquela moça tivesse um encontro marcado com você. Se a gente seguir um pouco mais nessa linha não é nenhum absurdo pensar que nós também tínhamos um encontro marcado. E eu estou aqui para isso, para o que der e vier.

— Não, não está não, Elias. Você é um profissional e, daqui a pouco, eu vou voltar sozinha para casa. Que horas são?

— Quinze para as cinco, Teresa.

— Quanto tempo falta, exatamente, para a gente acabar?

— Mais ou menos quinze minutos, Teresa.

Teresa acende mais um cigarro e fala com uma voz lamurienta, carregada de ansiedade:

— E o que eu vou fazer depois desses quinze minutos, me diga: o que eu vou fazer? Me entupir de remédios igual quando bati o carro?

— Você sabe que não, Teresa. E lembre-se de que eu a adverti para não dirigir enquanto estivesse usando os medicamentos.

— Não se preocupe que agora o carro está na oficina, e eu vou de táxi. E não precisa me botar mais culpa.

— Claro que não, Teresa. Eu só estou falando para você não se entupir de remédios. Tome as meias-doses e pronto. E se tomar vinho no jantar, não tome os remédios hoje.

— Você acha que eu devo manter o jantar com o Ivan?

— Eu não posso achar nada, Teresa. São os seus sentimentos, os seus desejos, que devem prevalecer.

— Como é que você acha que eu posso encontrar o Ivan, jantar com ele, talvez transar com ele, depois de tudo o que eu senti hoje? Depois de tudo o que aconteceu. O meu quarto está até com cheiro de queimado. Por mais que a Neuza tenha ajeitado as coisas, vão restar vestígios do que aconteceu. Vestígios que, para mim, são da moça enforcada e estuprada, Elias.

— Vocês precisam necessariamente transar, Teresa?

— Não sei, as coisas podem caminhar para isso. A maneira como Ivan disse "carne" sugeria isso.

— Você ainda tem tempo de ligar para ele e cancelar tudo. Ou explicar que houve um problema na sua casa — na cozinha, por exemplo — e que vocês poderiam jantar fora. Você tem medo do Ivan?

— Para falar a verdade, do Ivan, especialmente, não. Achei ele um homem decidido, mas atencioso. E talvez só tenha subido ao apartamento comigo porque eu estava meio lesa, não por causa da batida, que foi uma coisa à toa, mas por causa dos medicamentos que eu tomo. O Ivan até deixou o carro dele estacionado no local da batida, depois de parlamentar com o motorista do ônibus — o ônibus não amassou nada — e veio dirigindo o meu carro até o meu edifício. Ele queria me levar a uma clínica, eu é que não quis, e tive que explicar que tomava certos medicamentos. Que vergonha, meu Deus. E ele só foi embora depois de me deixar com a Neuza e ainda me deu o seu cartão, caso eu precisasse de alguma coisa. Vou confessar uma coisa pra você, Elias. Eu fiquei muito decepcionada que o Ivan não telefonasse para mim, nem que fosse para saber como é que eu estava.

— Você deu o número do seu telefone para ele, Teresa?

— Não, não dei, mas ele poderia ter conseguido de alguma forma, sei lá como, talvez pelo endereço. Eu estou com medo de que ele me ache meio louca. — Ela apaga o cigarro. — Aliás, pensando bem, eu sou meio louca mesmo, você não acha?

— Não acho não, Teresa.

— O que eu sou então?

— É uma boa questão, Teresa, para você, para nós. Para nós irmos decifrando aos poucos.

Teresa volta a se mostrar nervosa.

— Aos poucos, aos poucos... E o que eu vou fazer agora? Desmarco ou não o jantar?

— É você quem terá que decidir, Teresa.

— Eu disse que não tinha medo do Ivan, especificamente. Eu tenho medo é de tudo.

— Você não estará com medo de você mesma, Teresa?

— Você quer dizer da minha loucura?

— Não, Teresa. De se libertar dela. Disso que você chama a sua loucura, que você usa para se defender do mundo. Medo dos seus próprios desejos, Teresa.

— Vou lhe confessar uma coisa embaraçosa, Elias. Sabe qual é o meu desejo agora? Por mim eu jantava com você, ficava com você. De você eu não tenho medo. — Ela se adianta para sentar-se na beira da poltrona e segura a mão dele. Ele deixa sua mão na dela, e diz:

— A gente pode marcar outra sessão para amanhã, Teresa.

— E se não houver amanhã para mim?

— Vai haver sim, Teresa. É claro que vai.

Ela volta a chorar, mas parece forçar um pouco as lágrimas.

Elias, sem soltar a mão de Teresa, medita. Depois, liberta sua mão da dela e diz, levantando-se:

— Está bem, Teresa. Nós podemos continuar por mais meia hora. Mas antes eu tenho de avisar uma pessoa que eu vou atrasar um pouco.

Elias sai da sala. Fica ausente por uns seis ou sete minutos. Ao retornar, encontra Teresa fumando, mas visivelmente transformada, até com sinais de uma euforia contida.

— Pronto, Teresa. Temos mais meia hora.

Teresa, a princípio, fica muda, embaraçada. Depois diz:

— Desculpe-me, Elias, mas aconteceu alguma coisa comigo. De repente eu fiquei bem e percebi que não preciso mais dessa meia hora.

Ele se mostra surpreso, a princípio, e parece que irá reagir irritadamente. Depois, relaxa, senta-se e fala com visível satisfação.

— Que bom, Teresa. Eu acho que você está melhorando. E talvez tenha acontecido alguma coisa muito importante aqui, hoje, agora, entre nós dois.

Ela sorri maliciosamente.

— O encontro marcado, Elias? Essa meia hora a mais que você me deu?

Ele também sorri:

— Sim, o nosso encontro, Teresa. E bastou você ter a meia hora para não precisar mais dela.

Ela se levanta e diz:

— Decidi jantar com o Ivan, Elias.

Ele também se levanta e fala com um tom de ironia amistosa:

— Decidiu comer a carne, Teresa?

— Quer saber de uma coisa, Elias? Saindo daqui, vou passar numa loja de colchões e vou comprar um colchão novo e exigir que eles o entreguem ainda hoje, antes do jantar, nem que eu pague um dinheirão. Esse colchão vai pegar fogo hoje à noite, Elias. Porque eu vou comer a carne, vou comer o Ivan, e, se você deixasse, comia você também. — Teresa dá uma gargalhada, deliberadamente louca.

— Bom jantar, Teresa — Elias diz, já com a mão na maçaneta da porta e num tom que procura ocultar todo sinal de sarcasmo.

— Para você também, Elias, seja lá o que for que você vai comer — ela diz, com uma nova risada, não procurando ocultar o que quer que seja. E, na hora de trocarem beijos no rosto, ela aproxima, bem mais do que habitualmente, seus lábios dos dele.

Na sala de espera, Teresa vê, sentada a uma poltrona, uma mulher fumando, fixando uma revista, com ar de enfado, como se estivesse com o pensamento em outro lugar muito longe, dentro de si mesma. Ela levanta os olhos para Teresa, deixando transparecer uma grande hostilidade. Mas Teresa a desarma, dizendo:

— Tudo de bom para você, querida.

A mulher ensaia um pálido sorriso:

— Para você também.

* * *

Nota: Este conto foi imaginado a partir de matérias, sobre o mesmo crime, publicadas em O Dia *e o* Jornal do Brasil *de 23.3.1987, um tempo em que ainda havia açougues onde se embrulhava carne com jornais. Anotações foram feitas à época, guardei os recortes do jornais, mas o texto só veio a ser escrito em 1999.*

Sérgio Sant'Anna, carioca de 1941, morou com a família em Londres durante um ano e meio, em 1953-54. Depois mudou-se para Belo Horizonte, onde, aos 25 anos, iniciou-se na literatura com o grupo da revista Estória. *Depois de formar-se em direito em 1966, estudou ciências políticas na Universidade de Paris, ano letivo 67-68. Tendo publicado seu primeiro livro de contos,* O sobrevivente, *em 1969, foi convidado para participar do International Writing Program, da Universidade de Iowa, Estados Unidos, em 1970-71, com escritores de trinta países. Tem catorze livros publicados, entre eles* Notas de Manfredo Rangel repórter (*contos*), Confissões de Ralfo (*Uma autobiografia imaginária*), Simulacros (*romance*), O concerto de João Gilberto no Rio de Janeiro (*contos*), A tragédia brasileira (*romance-teatro*), Amazona (*novela*), A senhorita Simpson (*seis contos e uma novela*), Um crime delicado (*romance*), Junk-Box (*poema máquina*). *Teve três contos incluídos na antologia* Os cem melhores contos brasileiros do século. *Tem contos publicados em mais de dez países.* Amazona *foi publicado na Itália e na Alemanha;* Breve história do espírito *e* Um crime delicado *foram publicados na Alemanha. Foi, durante dez anos, professor na Escola de Comunicação da Universidade Federal do Rio de Janeiro. Recebeu, por seus livros e contos, os seguintes prêmios: Prêmio Jabuti (1º lugar, 1983, 86, 98) para* O concerto de João Gilberto no Rio de Janeiro; Amazona *e* Um crime delicado. *Prêmio Guimarães Rosa, Paraná, 1974, para* Notas de Manfredo Rangel repórter. *Com os contos "Cenários" e "O recorde" ganhou o Prêmio Status de Literatura Brasileira nos anos de 1979 e 1980. Contribuiu com resenhas, contos e ensaios para diversas publicações do país, entre elas* Veja, IstoÉ, Jornal do Brasil, O Globo, O Estado de S. Paulo, Folha de S.Paulo *etc. Tem dois filhos: André e Paula.*

Meio-dia

Luiz Alfredo Garcia-Roza

Era um início de tarde, quando o calor atinge seu ponto máximo, a água da bica é quente, o asfalto das ruas é grudento e não se percebe a mais leve brisa no céu sem nuvens.

O menino estava sentado no degrau do portão da casa com os pés na calçada, os cotovelos apoiados nos joelhos e as mãos em vê segurando o queixo. Vestia short e camiseta e calçava sandálias. Devia ter sete ou oito anos de idade e olhava para as coisas com lentidão, os olhos castanhos parecendo derreter sob o sol de verão. Não olhava a rua como se estivesse à espera de alguém, olhava a calçada fronteira pelo simples fato de que era para aquela direção que estava voltada a cabeça apoiada entre as mãos. Parecia estar à espera de alguma coisa que sabia demorar muito a chegar.

Conhecia todas as casas da rua. Não por dentro, mas por fora, embora já tivesse entrado em algumas delas; eram todas parecidas com a sua: dois pavimentos, jardim na frente e quintal na parte dos fundos. Mas naquele momento não parecia estar interessado no interior das residências, era para a rua que olhava. Conhecia cada árvore, cada buraco na calçada, cada reentrância secreta nos muros das casas, cada automóvel estacionado ao longo do meio-fio; conhecia o sorveteiro, o carteiro, os entregadores; conhecia os cachorros que vadiavam pelas calçadas e que àquela hora estavam desaparecidos. Do seu pequeno mirante ao rés-do-chão, o menino observava aquele mundo particular que, apesar de limitado em espaço, era infinito em detalhes, segredos, esconderijos, pequenos e grandes habitantes, mistérios.

As sombras eram tão fortes e nítidas que pareciam pintadas no chão. Toda a vida animal estava recolhida. Se algum passarinho arriscava um vôo era para procurar proteção sob uma árvore. E quando ocasionalmente passava um carro, o contato do pneu com o asfalto produzia um ruído pegajoso.

Da janela do segundo andar o homem olhava, havia algum tempo, o menino sentado no portão. Pensou em dizer-lhe para sair do sol, sentar num lugar à sombra, proteger-se, mas da distância em que se encontrava teria que gritar e tinha medo de perturbar. Não sabia bem o que seu grito perturbaria, ou mesmo se era possível provocar alguma perturbação. Não havia mais ninguém na rua, também não parecia haver ninguém dentro das casas e nem mesmo dentro da casa do menino; as janelas estavam com as venezianas fechadas e não havia movimento algum do lado de fora. Talvez as pessoas estivessem dormindo. Havia apenas ele no portão.

O homem fez o movimento de quem ia sair da janela, mas o olhar permanecia voltado para a rua. Finda a indecisão, retomou a posição original, braços apoiados no peitoril da janela. Olhava para o menino com a mesma obstinação com que o menino olhava para a calçada fronteira ao seu portão, mas não com a mesma serenidade. O menino não demonstrava nenhum sinal de desconforto ou sofrimento. O sol e o calor pareciam não afetá-lo, dava a impressão de que agiria da mesma forma caso estivesse chovendo. Era o que o homem parecia estar pensando enquanto olhava e esperava. E enquanto esperava, talvez ponderasse ainda que os meninos quando sozinhos estavam sempre fazendo alguma coisa. Pelo menos assim tinha sido com ele próprio. Mesmo sozinhos, os meninos brincam. Brincam com carrinho, bola de gude, com pedra, alguns brincam com outro imaginário companheiro de brincadeira. Mas aquele menino não estava brincando, ele nem sequer se movia. Apenas olhava.

Da janela, o homem viu os outros três dobrarem a esquina pela mesma calçada, vindo na direção do menino. Percebeu também quando o menino captou o movimento e moveu ligeiramente a cabeça para a direita. Dos três, um era bem maior do que ele, talvez tivesse uns treze anos; os outros dois se igualavam a ele em tamanho, embora aparentassem mais idade. Estavam sem camisa e descalços. O que os quatro usavam igualmente era o short, embora os dos recém-chegados estivessem mais sujos e com alguns furos visíveis. O menino voltou a cabeça para a posição original e continuou a olhar para a calçada em frente. Os três se aproximaram preguiçosamente, o andar lento e gingoso, conversando entre si, olhos voltados para o portão.

De onde estava, o homem não era capaz de perceber os detalhes, sobretudo não conseguia ouvir o que conversavam. Eram meninos pobres, os recém-chegados, e a lata com comida que passavam um para o outro sob o controle do mais velho era a prova disso. O homem viu os três se aproximarem do ponto onde o menino estava e sentarem-se no meio-fio bem defronte, de costas para ele. O menino continuou com os cotovelos apoiados nos joelhos, a cabeça entre as mãos e o olhar voltado para a calçada defronte, só que agora o olhar estava interceptado pela imagem dos três forasteiros.

Assim que se sentaram no meio-fio, os três reiniciaram o almoço interrompido quando da escolha daquele sítio. Havia apenas uma lata de comida. O menino maior se servia retirando com a mão um pequeno punhado, repetia o gesto uma ou duas vezes e passava a lata para os outros, pegando-a de volta assim que eles se serviam, reiniciando o processo. Não faziam aquilo com pressa e não havia voracidade no comer. O homem calculou que o conteúdo da lata devia corresponder ao de um prato fundo bem cheio, o que não era muito para três crianças certamente mal-alimentadas.

Um carro surgiu na esquina, passou devagar como se estivesse procurando um endereço e voltou a desaparecer na esquina seguinte. Os quatro meninos o seguiram com o olhar.

Até aquele momento, nenhum dos quatro dissera uma única palavra. Da janela, o homem viu o menino maior passar a lata para o colega do lado, virar-se para trás e falar alguma coisa que não conseguiu captar. Os outros dois meninos também se viraram. Os três continuavam sentados no meio-fio, mas com os rostos voltados para o menino no portão atrás deles, a menos de três metros de distância. O homem não foi capaz de distinguir se o menino respondeu alguma coisa ou mesmo se fora ele o primeiro a falar. Passados alguns segundos, ou talvez mais de um minuto, os três meninos voltaram a olhar para a frente e recomeçaram a comer, mas apenas os dois menores se serviram. O maior olhava para a frente, para o mesmo ponto objeto do olhar do outro menino. Não havia nada de especial a ser visto, apenas o muro branco da casa em frente.

Num gesto brusco, o menino maior se levantou e foi de dedo em riste para o menino do portão. O homem entendeu que ele mandava o menino se levantar. Ele se levantou. Os dois meninos que estavam no meio-fio também se levantaram e ficaram à distância. O menino maior era magro e seco, bem mais alto e mais velho do que o menino do portão. Ficaram os dois de pé, frente a frente, sem dizer nada. O corpo tenso do menino maior contrastava com a atitude desarmada, os braços soltos ao longo do corpo, do menino do portão.

Sem nenhum aviso ou gesto antecipatório, o maior desferiu um soco que atingiu em cheio o rosto do menor. Da janela, o homem pôde perceber a expressão de perplexidade do menino, sempre de braços estendidos ao longo do corpo. Quando o maior percebeu que não havia contra-ataque, nem mesmo uma atitude defensiva por parte do adversário, desferiu um segundo soco, e um terceiro, todos atingindo o rosto do menino, que sangrava pelo nariz e tinha o lábio cortado. O maior golpeava o menor sem que este esboçasse o menor gesto de defesa. O homem tentou gritar da janela, mas não conseguiu emitir nenhum som. Passou a agitar desesperada e inutilmente os braços; o menino continuava na sua imobilizante perplexidade. O menino maior virou-se, disse alguma coisa para os outros dois, e os três se afastaram sem pressa na direção de onde tinham vindo, deixando junto ao meio-fio a lata vazia de comida.

O menino continuou parado olhando fixo para a frente, nariz e boca sangrando, braços largados ao longo do corpo. Passado algum tempo, deu meia-volta, cruzou o portão e entrou em casa.

Luiz Alfredo Garcia-Roza nasceu e cresceu no bairro de Copacabana, no Rio de Janeiro, cidade onde vive até hoje. Formado em filosofia e psicologia, foi professor-titular da Universidade Federal do Rio de Janeiro (UFRJ), onde criou e coordenou o curso de pós-graduação em teoria psicanalítica. Depois de ter escrito oito livros sobre psicanálise e filosofia, Garcia-Roza decidiu experimentar um novo campo — o da criação literária — que iria subverter inteiramente sua atividade profissional. Em 1996 é publicado pela Companhia das Letras O silêncio da chuva, *seu primeiro romance policial, que recebeu o Prêmio Nestlé de literatura (1996) e o Prêmio Jabuti (1997). Com esse primeiro romance, surgia também o inspetor Espinosa, personagem que em pouco tempo se tornou referência obrigatória no romance policial brasileiro. Com reconhecimento obtido após a publicação desse primeiro livro, Garcia-Roza decidiu ousar ainda mais e trocou a atividade acadêmica pela de autor de ficção — ou, como ele próprio diz, trocou a ficção teórica pela ficção literária — passando a se dedicar exclusivamente à literatura. Em seguida a* O silêncio da chuva, *vieram:* Achados e perdidos *(1998),* Vento Sudoeste *(1999) e* Uma janela em Copacabana *(2001). Alguns desses títulos já foram publicados nos Estados Unidos, Inglaterra, Itália, Espanha, Alemanha, Portugal e, em breve, França e Grécia.*

Dóris

Heloisa Seixas

A mulher cruza o saguão observando os quadros abstratos, os arranjos florais nos vasos enormes, o piso de granito. Chegou ao hotel no início da tarde, mas como saiu em seguida para uma reunião de trabalho, mal teve tempo de observar a entrada, detalhe por detalhe, como gostaria. É o que faz agora. O hotel é moderno, de vinte andares, com muitos apartamentos em cada um deles, e há grande movimento no saguão, de pessoas entrando e saindo. Os grupos de poltronas, em couro cor de uísque ou preto, estão dispostos em torno de imensas mesas com tampos de cristal, onde não há um só cinzeiro. Ela se dirige ao balcão da recepção e é recebida com um sorriso por um rapaz moreno, de feições levemente orientais.

— 1107, por favor — diz, estendendo o cartão de hóspede.

O rapaz do hotel entrega-lhe a chave magnética com uma mesura e ela se afasta em direção aos elevadores. Sente os pés latejando dentro dos escarpins. A reunião foi exaustiva. É a primeira vez, desde que seu sócio foi embora morar no exterior, que ela decide aceitar um projeto tão grande. A restauração da velha usina de luz, que será transformada em museu. É um desafio fascinante, mas sabe que tem pela frente uma empreitada e tanto. Não é à toa que seus pés estão doendo. Acompanhada do diretor e de um sócio da empresa que financia o projeto, ela passou a tarde caminhando por aqueles imensos espaços que um dia abrigaram máquinas, turbinas gigantescas cujo troar devia ecoar pelas paredes, assim como seus passos faziam hoje, na quietude das salas desertas. Suspira. Está louca para tirar os sapatos, despir-se e mergulhar na banheira. Com a televisão ligada, para preencher o silêncio. Não gosta do silêncio.

Olha em torno, apertando o botão do elevador, que se acende. Apesar do movimento de hóspedes no saguão, o recanto dos elevadores está deserto. A mulher observa a própria imagem refletida no espelho da parede ao fundo, ao lado do arranjo de flores, com seus pendões cor de sangue. Quando era menina, gostava do silêncio. Muitas vezes, no chalé onde passava as férias, perto de Vassouras, escondia-se debaixo da casa, no pequeno espaço entre o assoalho e a terra usado para guardar ferramentas, como um porão aberto. E ali ficava horas brincando de boneca. Mais tarde, já mocinha, gostava de trancar-se no quarto. Sua mãe brigava, chamava-a, insistia. Sua mãe adorava conversar. Ela não. Às vezes, na sala, fingia que estava lendo apenas para poder continuar quieta. Mas depois que sua mãe morreu, nunca mais suportou o silêncio. Sempre que se vê sozinha em algum lugar, a primeira coisa que faz é ligar o som, a televisão, cantarolar, qualquer coisa. Qualquer coisa para não ouvir o silêncio.

Nesse instante, a porta de um dos elevadores se abre. O do canto, junto ao espelho. A mulher dá uma corridinha até lá e entra. Sozinha.

Com a ponta do indicador, pressiona o botão com o número 11. No mesmo segundo, duas luzes se acendem no painel: o 11 e o 18. Instintivamente, olha para trás, como se procurasse mais alguém ali dentro. Vê apenas a própria imagem, mais uma vez. Dá de ombros. Algum fio encostado, com certeza.

As portas de aço se fecham e o elevador começa a subir.

Procura resistir à tentação de se olhar com mais atenção nesse outro espelho, onde seu rosto estará iluminado por uma luz fria, denunciadora. Mas acaba sucumbindo. Vira-se e ajeita o cabelo castanho, muito liso, cortado rente à nuca. Canta baixinho, enquanto o faz. Mas há em seus movimentos um leve tremor, uma incerteza, como se tivesse algo a esconder.

De repente, num gesto decidido, dá as costas ao espelho. Quer chegar logo. Descansar.

Seu olhar volta a pousar no painel do elevador. E ela percebe que agora somente o número 18 está aceso. O 11, justamente o do seu andar, se apagou. Olha para cima, para o mostrador. O elevador segue em sua ascensão. Sétimo. Oitavo. Aperta outra vez o 11. Mas o botão continua apagado. Com a testa franzida, pressiona-o várias vezes. Em vão. Volta a olhar para o mostrador e, com um suspiro, vê que já passou de seu andar. Tenta apertar o 12. O 13. Nenhum acende. Talvez o painel esteja em curto. Aperta, um após o outro, os botões. Todos parecem mortos. Apenas o 18 continua aceso, seu pequeno círculo de luz vermelha brilhando.

O jeito é saltar mesmo no 18º andar e trocar de elevador. Ela espera.

Dezesseis. Dezessete. Dezoito.

O elevador freia, diminui — pára. Mas as portas de aço não se abrem. E o pequeno círculo de luz vermelha em torno do número 18 continua lá, aceso. A mulher morde os lábios. Talvez tenha enguiçado entre um andar e outro. Mas o mostrador, no alto, diz que está no 18. Por que a porta não se abre, então? Examina o painel dos botões. Há um com dois sinais verticais, parecendo significar "abrir porta". Tenta esse. Nada acontece. Tenta outro, com o desenho de uma campainha. O alarme, com certeza. Pressiona-o, mas não ouve nada. E o elevador continua parado, de portas fechadas.

Não tem medo de elevador, claro que não. Apenas prefere aqueles com portas gradeadas, movidas por braços de bronze, que lhe parecem mais acolhedores, mais humanos. Não gosta de se sentir... trancada. Além do mais, está cansada, com os pés latejando, louca para tirar a roupa de trabalho, tomar um banho, relaxar. E outra coisa: acha um absurdo que, num hotel bom, moderno, os elevadores enguicem desse jeito. Recomeça a apertar os botões. Primeiro o do térreo, que tem ao lado uma plaquinha onde se lê lobby. Depois os dos outros andares, todos, um a um. E finalmente o próprio 18, que continua aceso. Mas no instante em que seu dedo pressiona este último, as luzes do elevador se apagam.

Agora, sim, sente medo.

Um aperto na boca do estômago. O elevador, tendo as portas de aço, é todo fechado. E está escuro, muito escuro. Tem a impressão imediata de que vai sufocar. Passa a mão em torno da garganta, fechando os olhos. Respira fundo, tentando controlar-se. Sente na pele do pescoço o abraço dos próprios dedos, instantaneamente gelados. Reabre os olhos. O botão do número 18 continua aceso.

No escuro, o círculo de luz vermelha tem agora um brilho mais intenso. Com a ajuda dessa luminosidade, ela procura outra vez o botão que acredita ser o do alarme. Achando-o, torna a pressioná-lo, várias vezes.

Sua aflição cresce. Um suor frio começa a porejar-lhe da

testa. Tem pressão baixa. Pode desmaiar. Baixa a cabeça, colocando-a quase na altura dos joelhos, e pressiona a nuca com as mãos, enquanto faz força para cima. Sua mãe lhe ensinara que era assim que se devia fazer na iminência de um desmaio. Mas não queria pensar nela, agora. Não agora. *Seus olhos estavam fechados, mas, no último instante, no momento exato em que a tampa do caixão era baixada — eles pareceram se abrir.*

Não, não agora. Respira fundo, controlando-se. Logo sente um calor no rosto, o fluxo sangüíneo se espalhando, dando-lhe novas forças. Recosta-se na parede do elevador, a superfície fria do espelho às suas costas. E volta a pousar os olhos sobre o círculo de luz. Está ainda mais intenso. O pequeno veio luminoso parece encorpar-se, ganhando maior fluxo, assim como o sangue o fez há pouco em seu cérebro.

Pisca os olhos. Essa luz, que o espelho duplica, começa a ofuscá-la, todo seu campo de visão tingindo-se de vermelho. Tenta fechar os olhos, mas logo reabre-os. O pequeno círculo a atrai, hipnotiza. Às vezes, parece observá-la. *Como o olho de um demônio.*

A mulher solta um risinho alto, nervoso. É estranha essa sua tendência a se pôr à prova, obrigando-se a pensar no que não deve, justamente nos momentos mais impróprios. Volta a respirar fundo. Lembra-se da amiga que um dia lhe contou sobre a experiência de fazer uma tomografia. A princípio ficara apavorada, olhando para aquele tubo fechado, sarcófago moderno. Mas, assim que se vira trancada lá dentro, fechara os olhos e se imaginara deitada muito longe dali, numa praia de águas mansas, areia fina e céu azul, ouvindo o som suave das ondas. É assim que se deve fazer. Não maltratar-se, não impor-se pequenas torturas, como se fosse preciso fazê-lo para expiar alguma culpa. Tenta seguir o conselho da amiga. Pensa, várias vezes, na praia fugidia, mas esta teima em desaparecer de sua mente. Pinta o cenário em pensamento, detalhe por detalhe, primeiro o mar, depois a areia, em seguida o céu, as palmeiras. Mas mal vai terminando e as imagens já começam a diluir-se, como peças de um quebra-cabeça num sonho recorrente, desses que jamais se consegue completar.

Além disso, não consegue manter os olhos fechados. E, sempre que os entreabre, lá está: o pequeno círculo de luz — à espreita.

Tenta pensar no trabalho, nos materiais que vai usar na restauração da usina. As imensas vigas de aço, os vidros, muitos vidros, grandes vidraças para que o vão principal, onde um dia rugiram as turbinas, permaneça íntegro, visível de todos os pontos do prédio, para que, visto dos andares mais altos, onde ficarão as exposições, ele possa ser observado em sua inteireza, tendo preservada a sensação de que se está solto no ar.

De repente apóia-se na parede, o coração aos pulos.

Por quê? Não sabe. Sentiu um tremor. Foi isso? Um estremecimento. Talvez. Como se o elevador oscilasse nos cabos de aço. E no entanto agora tudo está tão quieto. Foi só impressão. Mas seu coração não parece acreditar. Respira com dificuldade, a mão novamente na garganta.

Pouco a pouco, recomeça a sentir o aperto na glote, o suor frio. Não, o elevador não se moveu. Ela se enganou. Passa a mão no rosto, impacientando-se. Já está passando dos limites. É absurdo que ninguém na recepção tenha ouvido o barulho do alarme. Mordendo os lábios, volta a pressioná-lo várias vezes, com toda a força. Sente a mão trêmula, o ar faltando. Precisa controlar-se. Respirar. Acalmar-se e esperar que alguém venha ver o que está acontecendo. Deixa-se escorregar pela parede de espelho e, agachada, esfrega os braços, como a consolar-se, a bolsa encostada ao peito. Fica durante algum tempo assim. Desiste de pensar no trabalho, que por alguma razão a inquietou. Tenta outra vez fixar a mente em algum ponto longe dali, aberto e claro, com areia e mar. Mas não consegue.

De novo, seus olhos pousam na luz vermelha do número 18. E é como se o pequeno círculo latejasse. Talvez fosse dali que tivesse vindo o tremor. Tem a nítida impressão de que o botão emite ondas, pulsa, como se fosse um coração. Como se estivesse *vivo*.

Sacode a cabeça, mais uma vez tentando expulsar esses pensamentos absurdos. Mas seus olhos continuam pregados no círculo de luz. Aquele ponto luminoso, que parece querer dizer-lhe algo. Como talvez os olhos de sua mãe, no último instante.

Precisa controlar-se. Precisa.

Forçando-se, olha em torno. Talvez haja algum interfone, alguma maneira de se comunicar com a portaria. Mas não vê nada. As paredes de aço, o espelho, todas as superfícies são lisas, frias. E vermelhas, agora. Todas parecem contaminadas pela luz que emana daquele círculo. Um mundo banhado de sangue.

Sangue sobre a calçada, escorrendo lentamente. Aperta a bolsa contra o peito, sentindo a garganta fechar-se. *Só, absolutamente só*. Tem a impressão de que nunca mais conseguirá sair dali, de que não voltará a tocar a pele de um ser humano, quem quer que seja. *Nunca mais*. Está presa. Sente como se não fosse jamais sair daquele caixão de aço, como se ali fosse apodrecer lentamente, para sempre. *Está escuro, aqui*. Sente que vão esquecê-la, que em pouco tempo o mundo não saberá mais quem é, qual o seu nome. Dóris. *Meu nome é Dóris*. Encosta o rosto no couro da bolsa, de repente invadida por um medo avassalador, um pavor irracional, que a percorre em ondas, arrepiando-lhe cada fio de cabelo, enquanto em sua mente formam-se frases intrusas, que não lhe pertencem. *Tudo agora é negror, abismo, desespero.* A sensação é a de uma ameaça real, palpável — que parece cada vez mais próxima. Como se houvesse, além dela, mais alguém ou alguma coisa dentro do elevador.

Fica imóvel, os olhos muito abertos, os ouvidos atentos, todos os sentidos em alerta, perscrutando a penumbra avermelhada.

Há, sim, um murmúrio. Um zumbido. É real. Algo penetra através das paredes de aço, num crescendo. E começa a envolvê-la, lentamente. *Uma presença.* Que ali está para tocá-la, deslizar por seu corpo, infiltrar-se em seus poros. *O que ela quer?* Talvez roubar o calor que ainda lhe ficou na pele, apesar do mundo de terror que a cerca. O calor do sangue que pulsa nas veias, essa energia que emana de toda pessoa viva. É isso. *Um resto de vida. Uma esperança.* Mas a mulher cerra os punhos, protegendo-se, fechando-se ao contato envenenado, que é um chamado, um pedido de ajuda, mas que é também sedução, sussurro maldito que a atrai, para que ela vá junto. Para que, como a outra, se despeça, deixe-se envolver de uma vez por todas pelas sombras — e salte também, para o abismo e o esquecimento.

As unhas da mulher cravam-se no couro da bolsa. Sente-se tomada por um frio de morte. *Tudo é morte. Tudo é Nada.* Um frio que escorre do metal e se infiltra por seus poros, um frio que parece surgir também de dentro dela própria, escoando do vazio que se formou em seu estômago e tomando-lhe lentamente as veias, para atravessar novamente os poros, agora de dentro para fora, e deslizar pela pele gelada, em forma de suor. O frio que sua mãe deve ter sentido, fechada naquele caixão escuro, depois que todos se foram. Respira cada vez com mais dificuldade. Uma pressão intolerável esmaga-lhe o peito. Sente como se estivesse num daqueles pesadelos terríveis dos quais se quer acordar com um grito, que nunca sai da garganta.

Mas o dela sairia. O dela sairá. Não vai ficar nem mais um minuto ali. Num impulso, ergue-se e esmurra a porta, gritando socorro com toda a força de seus pulmões.

No instante exato em que o faz, as luzes se acendem e o elevador se põe em movimento.

Seu rosto está lívido quando chega ao balcão da recepção.

— Fiquei horas apertando o botão do alarme! Será possível que ninguém me ouviu?

— A senhora desculpe, mas estamos todos muito abalados. Essas coisas... quando acontecem...

Só então ela ouve o barulho das sirenes. Olha para fora e vê as luzes vermelhas, girando, girando. Pisca os olhos e volta a encarar o rapaz.

— Acabou de acontecer — diz ele. — A polícia chegou agora.

Ela está muda. Sente ainda a pressão no peito, tão forte quanto antes. O rapaz continua:

— Fui eu que entreguei a ficha para ela preencher. Tinha uma letra bonita, caprichada. Nunca vi uma ficha tão bem preenchida. Não deixou nada em branco. Se queria se matar, por que será que fez questão de preencher a ficha assim?

— Queria... se matar?

Sua voz é fraca. Com os olhos fixos no balcão, nota que as mãos do rapaz da portaria tremem.

— Foi agorinha. A senhora devia estar presa no elevador na hora em que aconteceu. Ela subiu há uns dez, quinze minutos, acho. Não mais do que isso. Não demorou nada. Sabia bem o que queria. Eu estava aqui mesmo, quando ouvi o baque. Um barulhão. Pensei que fosse batida de carro, sei lá.

— Alguém... se jogou? — a voz dela agora sai fina, quase infantil.

O rapaz faz que sim, apertando os lábios:

— Está vendo só a confusão que está aí fora? A senhora desculpe, mas na certa foi por isso que ninguém ouviu o alarme do elevador.

Ela encosta-se no balcão. Sente o frio do granito na altura das costelas.

— De que andar? — pergunta, depois de algum tempo. Seu olhar está fixo na noite lá fora.

— Senhora?

— De que andar ela se jogou? — insiste, sem olhar para o rapaz.

— Do 18. Quando pediu o quarto, disse que queria um andar alto, mas eu nem desconfiei. Parecia tão calma...

Ele alisa o balcão de granito enquanto fala, como se quisesse apagar alguma coisa.

— Era nova, ainda. Trinta e quatro anos — continua. — Fiz as contas, pela data de nascimento. Fico muito impressionado com essas coisas, sabe, dona? Há poucos minutos ela estava aqui, conversando comigo. E agora...

Vacila um pouco antes de acrescentar, fixando na mulher seus olhos apertados de oriental:

— Ela se chamava Dóris.

A mulher olha-o, sem piscar. Sua boca se entreabre num esgar que poderia ser um sorriso. *Dóris*, diz baixinho, quase em pensamento. Impresso em suas retinas, o pequeno círculo de luz vermelha continua pulsando. E ela começa a afastar-se, devagar. Está muito pálida, mais ainda do que antes. Já deu alguns passos quando se vira e diz alguma coisa, uma frase que ficará ecoando na cabeça do rapaz da portaria, embora ele não possa entendê-la:

— Acho que ela estava me pedindo socorro.

A escritora e jornalista Heloisa Seixas *nasceu no Rio de Janeiro, onde mora. Formada em jornalismo pela Universidade Federal Fluminense (UFF), trabalhou em diversos órgãos da imprensa antes de se dedicar à literatura. É autora do livro de contos* Pente de Vênus *(Sulina, 1995, reeditado pela Record em 2000) e dos romances* A porta *(1996),* Diário de Perséfone *(1998) e* Através do vidro *(2001), todos pela Record.* Pente de Vênus *e* A porta *foram finalistas do Prêmio Jabuti.*

Heloisa organizou e traduziu três antologias de contos góticos: Depois — Sete histórias de horror e terror *(1998), de vários autores;* Visões da noite *(1999), com contos de Ambrose Bierce; e* A casa do passado *(2001), com contos de Algernon Blackwood, pela mesma editora. É também autora dos "Contos mínimos", publicados semanalmente pela revista* Domingo, *do* Jornal do Brasil. *Em 2001, sempre pela Record, lançou* Contos mínimos, *uma seleção de cinqüenta dessas pequenas histórias.*

Em 2003, lançou Sete vidas — Sete contos mínimos de gatos, *pela editora Cosac & Naify.*

Olho por olho

Pedro Cavalcanti

Antes que o dia acabasse, o garoto estaria dando entrada no pronto-socorro do Hospital da Clínicas desacordado e coberto de sangue. Só que por enquanto, nem ele nem ninguém podia adivinhar o que estava para acontecer. Ele se chamava Ezequiel, filho de Josué e Marta. Todos na sua família tinham nomes tirados da Bíblia, como os irmãos mais velhos, Abdias e Ananias, e as irmãs Raquel e Lia. Era o costume dos crentes naquele lugar distante de tudo onde ele tinha nascido — mas isso acontecera muito antigamente.

Ezequiel veio para a cidade grande com um tio, e foi ficando e foi ficando, tanto tempo que quando queria pensar nas figuras da mãe ou do pai não sabia bem se estava lembrando ou confundindo com pessoas que saíam nas revistas ou na televisão. E quando queria explicar onde era o lugar e como se chegava lá, só lhe vinha à cabeça uma mancha cor de laranja que era a cor do estado de Goiás no mapa da escola.

Ele teria preferido se chamar Rafael ou Gabriel, como dois gêmeos que conhecera, esses eram nomes mais comuns, que não chamavam a atenção. Ele não gostava de atrair a atenção de ninguém, porque além de ser tímido era vesgo e, como se não bastasse, estava entrando na adolescência. Da adolescência só sabia duas referências, lidas no índice por assuntos no final da Bíblia: "A adolescência é breve" e "A adolescência é perigosa".

O tio, que sabia centenas de versículos de cor, foi logo citando: "Lança fora do teu coração a ira e afasta da tua carne a malícia, porque a mocidade e o deleite são um sopro". Eclesiastes, capítulo 11, versículo 10. Ezequiel gostou da palavra deleite, que provocava uma sensação de doce perigo, mas quando esta história começou, seus pensamentos andavam muito longe disso.

Na verdade, ele estava furioso. Tão furioso e nervoso como nunca estivera em toda a sua vida de menino calmo e boa gente. Sentia um desejo de vingança como quem sente fome, sede, falta de ar. E quando tentava pensar numa coisa boa só lhe vinha à cabeça aquela passagem da Bíblia que falava em olho por olho, dente por dente. A frase ia e vinha dentro da sua cabeça, insistente, teimosa como refrão de música. Olho por olho, dente por dente.

A culpa era do que lhe acontecera na véspera, um domingo. Como em todos os domingos, ele se levantara de madrugada ainda mais cedo do que de hábito para sair em companhia do tio, que era também seu padrinho. Iam até um bairro distante levando umas revistas coloridas com mensagens de paz em nome de Jesus. Voltara tarde, cansado e com sono, depois de ouvir um monte de desaforos de pessoas que batiam a porta na cara deles. Até aí, tudo bem. Já estava acostumado. O problema ocorrera na volta.

Ele e o tio moravam numa casinha de um quarto só no jardim Mariângela, perto da favela do Mata-mata, na zona

Oeste. Desceram no ponto final do ônibus e se separaram. O tio foi para o templo entregar as revistas que haviam sobrado e ele tomou o caminho de casa, mais de meia hora a pé. Como estava cansado, cortou caminho pela favela, o que foi uma grande besteira, pois no meio de uma descida de terra deu de cara com a turma do Zero Manivela.

Chamavam ele de Zero porque nunca tinha tirado uma nota que não fosse zero, e de Manivela porque tinha o cotovelo duro, formando uma manivela no meio do braço. Ao ver quem vinha chegando, ele avisou o pessoal.

— Olha o Ezequiel da Bíblia!

Viu-se cercado pela turma. Os garotos foram logo passando a mão pela sua cara e por outros lugares, no maior desrespeito. Um dos palhaços foi tomando suas revistas.

— Deixa ver se tem mulher pelada. Se não tiver, não presta.

Jogaram as revistas na lama.

Depois, implicaram com a sua religião.

— A Bíblia foi escrita pelos americanos só faz vinte anos, para enganar os trouxas e arrancar dinheiro.

— O quente agora é ser muçulmano.

— Faz um milagre aqui para a gente ver. Cura o braço do Manivela.

— Não dá — Ezequiel conseguiu responder —, milagre só funciona para quem tem fé... Vocês não têm fé.

O Zero teve então uma das idéias dele...

— Não faz mal, se milagre não funciona, vamos consertar a sua vesguice na base da porrada. Chacoalhando um pouco a cabeça, o olho volta para o lugar.

E aí começou a sessão. Enquanto dois seguravam as suas mãos para trás, os outros lhe aplicavam tapas e cascudos na cabeça. Com as mãos atrás das costas, ele não podia reagir.

Ninguém sabe como as coisas iriam acabar se um dos garotos, com pena, não fosse avisar o pai do Zero Manivela. O homem, que era uma fúria, já chegou sacudindo o cinto na mão. Voou cintada por todo lado e até Ezequiel levou a sua por engano.

Quando se viu sozinho, juntou as revistas no chão e tomou o caminho de casa. Apertava os olhos com força porque não era homem de chorar no meio da rua. Vontade não faltava. Coisas demais dando errado na sua vida ao mesmo tempo. Não era só a surra da turma do Zero Manivela. Era também o padrinho desempregado, levantando cada vez mais cedo para procurar trabalho e achando que todos os problemas se resolveriam graças à fé. Faltava até comida em casa, mas quase todo o dinheiro que entrava ia para o pagamento do dízimo. Porque assim, dizia o tio, tudo voltaria multiplicado por mil.

Não havia dúvida quanto a isso. Todas as noites depois do jantar eles assistiam pela televisão ou ouviam pelo rádio aqueles programas em que os fiéis contam como passaram da desgraça à riqueza dando os dízimos ao pastor. Era sempre a mesma história. No começo, só desgraça. O sujeito espancava os filhos e a mulher, não tinha emprego, e quando por acaso ganhava algum dinheiro fazendo bicos, perdia tudo no jogo, vivia bêbedo e drogado. Um dia, no entanto, alguém o levava para o templo do pastor tal e ele começava a dar o dízimo. Logo abria um negócio, prosperava, comprava uma casa e dois automóveis.

— Eu não disse, Ezequiel? — animava-se o tio. — Eu não disse?

E os dois iam dormir cheios de esperança.

O problema é que na vida real as coisas tomavam outro rumo. O padrinho não batia em ninguém, não bebia, não se drogava e nem por isso progredia. Andava o dia inteiro pela cidade à procura de emprego com seu terno azul bem-passado e voltava exausto, com uma expressão de amargura no rosto.

E agora aquela surra da turma do Zero Manivela.

Sabia que estava errado em ficar remoendo aquela raiva. De tanto ouvir o tio e os pregadores pela televisão, ele também era capaz de fazer citações: "A ira e o furor exaltado não têm misericórdia, e quem poderá suportar a violência de um homem arrebatado?". Provérbios, capítulo 27, versículo 4.

Só que na verdade ele só conseguia pensar naquela história do olho por olho, dente por dente. Dormiu muito mal, rangendo os dentes, e acordou cedo.

* * *

Na segunda-feira levantou-se da cama e viu que estava sozinho. Embora o dia ainda não tivesse clareado, o padrinho já saíra para comprar leite na venda. Ele só entrava na venda de madrugada porque no resto do dia podia encontrar homens entregues ao vício da bebida, e não havia nada mais abominável, pois "o vinho bebido com excesso é a amargura da alma", Eclesiastes, capítulo 31, versículo 39. Bebida alcoólica nunca entrara naquela casa.

Ezequiel se vestiu, lavou o rosto na pia e imediatamente ligou a televisão. Era o ritual de todas as manhãs. A televisão pequena e desconjuntada, com imagens em preto-e-branco desfocadas e cheias de "fantasmas", espalhou pelo interior da casa uma claridade cinzenta.

Só tinha licença para ligar nos canais religiosos, e assim mesmo apenas no horário dos programas dos pastores. Na verdade, e embora nunca tivesse conversado sobre isso com ninguém, esperava mesmo um milagre que o curasse da vesguice. E por que não? A Bíblia estava cheia de milagres.

Começou uma discussão imaginária com Zero Manivela e foi citando em voz alta uma enxurrada de milagres indiscutíveis: o da água mudada em sangue, o dos gafanhotos, o da fulminação de Nadab e Abiú, o da passagem do Jordão, o da passagem do Mar Vermelho, o da sarça ardente (o que seria isso?), o das trevas, o dos trovões e o da chuva, e isso eram apenas alguns, e apenas do Velho Testamento.

— Chega, ou quer mais? — indagou.

Como ninguém respondesse na casa vazia, foi em frente.

— Porque se você quer mais, temos os do Novo Testamento, como o da figueira que seca, o da multiplicação dos pães, o das curas em Cafarnaum, o do cego de nascença, o da mulher encurvada. E por aí vai: o do leproso, o dos mudos, o do paralíticos. E hoje mesmo, nos nossos dias, todos os domingos, nos templos na televisão, os crentes jogam muletas fora, pisam os óculos e saem andando e vendo. Já chega?

Mas Zero Manivela não respondia. Discussões imaginárias têm esse defeito. As pessoas ausentes têm o péssimo costume de não responder às perguntas.

Voltou a prestar atenção na tela. O pastor anunciava o grande momento naquela voz de programa de auditório, tudo muito explicadinho e repetido.

— Talvez você esteja pensando, pensando e acreditando, pensando, acreditando e sentindo que a vida está sendo injusta com você. E quem sabe ela esteja realmente sendo injusta com você. Quem sabe? Quem somos nós para falar que não, que a vida não está sendo injusta com você? Mas você deseja justiça? Você quer justiça? Então, que todos se levantem.

A câmera mostrava agora o interior do templo, com todas as pessoas se levantando e inclinando a cabeça.

— Muito bem. Agora, você que está em casa. Ponha água num copo até a metade e coloque sobre a televisão. Coloque sobre a televisão o copo de água. E peça uma graça. Porque agora nós vamos orar com você e abençoar essa água, porque no fim da oração você vai tomar essa água que está no copo sobre a televisão e a sua graça será concedida.

Ezequiel, que já fizera os preparativos, abaixou a cabeça, fechou os olhos e esperou o fim da oração. Então, apanhou o copo e bebeu de olhos fechados. Em seguida virou-se para o espelho e lentamente, muito lentamente, abriu os olhos. Não havia dúvida, estava tão vesgo quanto antes. Parecia até que tinha piorado.

Jogou o copo na parede e, ao mesmo tempo que o vidro se partia, voltou à sua cabeça a passagem da Bíblia. Só que dessa vez mais completa: "Olho por olho, dente por dente, mão por mão, pé por pé".

"Estou possuído pelo demônio", pensou. Só que em vez de se assustar, soltou uma risada.

Por um momento continuou de pé, imóvel, olhando-se no espelho. A imagem refletida tinha uma expressão carregada, tão escura que nem parecia ele. Tentava concatenar um plano de vingança que estava se formando, não sabia bem se na sua cabeça ou no seu peito. Eram dez para as seis. Àquela altura, Zero Manivela devia estar saindo de casa expulso pelo pai, que não tolerava vagabundo dormindo até tarde. Em vez de procurar trabalho, porém, o garoto ia se reunir com a turma na praça da torneira. Fazia esse caminho sozinho. Ezequiel sabia disso porque numa certa época os dois tinham sido amigos e porque ali no bairro todo mundo sabia da vida de todo mundo. Então era isso. Olho por olho, dente por dente, mão por mão, pé por pé.

Ezequiel pegou um pedaço de pau que servia de tranca na porta e saiu de casa pisando duro.

Zero Manivela vinha passando pelo mesmo lugar da briga da véspera quando Ezequiel saiu de trás de uma mureta e caiu de pau em cima dele. Antes de compreender o que estava acontecendo, Zero tinha levado uma paulada no alto da cabeça e outra na boca. Esta última lhe quebrara um dente. Levantou meio zonzo, cuspindo sangue, e avançou. Os dois garotos trocaram murros e pontapés, mordidas e cabeçadas. Zero se atrapalhava com o cotovelo duro, mas era mais forte, de modo que ia levando vantagem. Ao perceber que ia perder, Ezequiel saiu na disparada. Zero correu atrás, mas era mais lento e logo desistiu. Cem metros adiante, Ezequiel se virou e berrou.

— Olho por olho, dente por dente, mão por mão, pé por pé.

Naquela manhã, Ezequiel não foi à escola. Ficou andando para cima e para baixo pelas ruas do bairro, tentando acalmar o coração disparado. De vez em quando olhava as próprias mãos, para ver se tinham parado de tremer. Por volta das onze horas, voltou para casa e começou a preparar o almoço, depois ligou o ferro para passar uma das camisas brancas de manga comprida e colarinho que o tio usava com o terno azul. Tudo estava voltando à normalidade. Deu até um sorriso, abriu a porta para ver o tempo que estava fazendo e olhou para o céu.

Viu tudo preto, deu meia-volta e caiu no chão. Tinha levado uma pedrada no meio da cara. A uns dez metros da frente da casa, Zero Manivela ria um riso de deboche.

Aí a lógica do mundo virou do avesso e Ezequiel começou a fazer coisas que não queria fazer antes mesmo de pensar em fazê-las. Entrou em casa e arrancou o ferro de passar roupa da tomada, depois apareceu de novo na porta levantando o ferro quente acima da cabeça.

Zero Manivela deu meia-volta e embarafustou ladeira abaixo. Ezequiel não queria correr atrás dele, mas quando percebeu já estava correndo. Passaram por duas ruas, chegaram perto da avenida e nem perceberam. Alguém deu um berro, mas eles não ouviram, estavam surdos de raiva. Surdos e cegos, porque entraram na avenida sem ver o táxi que vinha vindo e pegou os dois.

Antes de desmaiar, Ezequiel se lembrou da passagem inteira: "Olho por olho, dente por dente, mão por mão, pé por pé, queimadura por queimadura, ferida por ferida, pisadura por pisadura — Vida por Vida.

Foram na mesma ambulância e entraram juntos no pronto-socorro. Deitado na maca, Ezequiel ergueu os dois braços e começou a recitar o Apocalipse segundo são João. Depois, desmaiou.

* * *

Uma semana mais tarde, estavam os dois deitados lado a lado na enorme fileira de camas da enfermaria, convalescendo dos ferimentos. Sem nada para fazer, passavam o dia conversando e, por incrível que pareça, acabaram ficando amigos. Nunca haviam imaginado tudo o que acontece num pronto-socorro de uma grande cidade e ficaram maravilhados com a habilidade e o sangue-frio dos médicos e com os verdadeiros prodígios que eles conseguiam realizar. Eles mesmos, ficaram sabendo mais tarde, só tinham escapado da morte por pouco.

Zero Manivela já passara por três operações, mas apesar da dor e do desconforto estava muito contente porque os médicos haviam aproveitado a última anestesia para desentortar o seu braço. Tinham posto lá um pino e feito umas tantas coisas complicadas. Prometeram que dali a um mês, quando retirassem o gesso, ele estaria novo. Ezequiel, que também fora operado três vezes — a última delas na véspera —, provocou:

— Aconteceu um milagre com o teu braço.

Zero não entrou na provocação.

— Milagre desse tipo, os médicos daqui fazem uns vinte por dia.

Nisso, entraram na sala um médico mais velho e dois estudantes que foram passando de doente em doente até parar diante das camas deles.

— Esses são os dois anjos de quem eu lhes falei — brincou o médico mais velho.

Os alunos examinaram as fichas de temperatura, tomaram o pulso de cada um, fizeram umas perguntas, pediram que eles se sentassem, passearam os estetoscópios nas suas costas e peitos. No fim, anunciaram que tinham uma surpresa para Ezequiel.

Um dos rapazes tirou um pequeno espelho do bolso.

— Você também merecia uma recauchutada — brincou. — Aproveitamos a operação de ontem.

Ezequiel pegou o espelho e se olhou. Não acreditou. Olhou de novo e não acreditou. Olhou pela terceira, pela quarta e pela quinta vez. Teve de acreditar. A vesguice tinha desaparecido completamente. Como por encanto, como por milagre.

— Mas afinal — perguntou —, milagre existe ou não existe? Foi milagre ou não foi?

— Foi e não foi — respondeu o médico. — Existe e não existe. Tudo depende do jeito de você olhar.

Pedro Cavalcanti (Pedro Rodrigues de Albuquerque Cavalcanti) nasceu em São Paulo, capital, em 1941. Jornalista, trabalhou sobretudo na revista Veja, *inicialmente como enviado especial, especialista em golpes de Estado na América Latina, em seguida como correspondente estrangeiro. Baseado em Paris durante dez anos, deslocou-se para cobrir várias guerras no Oriente Médio e Extremo Oriente.*

De volta ao Brasil, foi editor de Veja *e da revista* Playboy. *Para* O Estado de S. Paulo *escreveu cadernos especiais sobre o bicentenário da Revolução Francesa e uma série de dez reportagens sobre a história da corrupção no Brasil, mais tarde reunidas em livro.*

Nos últimos anos tem colaborado em publicações diversas e publicado vários livros e artigos como ghost writer. Entre seus clientes figuram três ex-governadores, universidades, empresários etc.

Publicou os romances A volta *e* Em nome do pai *e os romances juvenis* Na reta final, O império da Amazônia, Voando baixo *e* Coração de andróide, *os três últimos pela Cia. das Letras.*

É casado, mora em São Paulo.

Rosa regada

Amilcar Bettega Barbosa

Rosa estava esplêndida flor. Parada na soleira da porta, plena de toda a quentura daqueles dias, o corpo abraçado por um vestidinho encarnado de algodão, que já não se agüentava nos pontos. Descalça, pele nua do ombro ao sol, uma penugenzinha de pêssego descendo a coxa até o joelho: Rosa era quase um verão.

No interior da choupana estava o pai, duro e silencioso, de formão em punho e o formão escarvando a madeira. Uma cruz nascia da carne do tronco num ritmo seco, tosco, reto, basto, rude, justo. O sol vinha pela janela, esquentando nas costas dele. A mãe, ali no canto, tecia. Era uma colcha para o inverno. Tão longe o inverno, e a colcha desenvolvida, que caía lhe tapando as pernas; as agulhas num debate de duelo sem fim.

Rosa sobre a soleira da porta, no seu vestidinho vermelho que lhe apertava o corpo, tinha os olhos para depois das árvores que cresciam à frente, aquele crescimento para fora mas muito mais para dentro do chão, numa teia escura, orgânica, de raízes sonolentas e terra e águas guardadas; e a surda respiração bacteriana. Além (até quando além?), se alçava o mato, de cheiro úmido de mato, natureza enorme. Nos lados, por todos os lados, o arvoredo: era mesmo uma floresta, cerradíssima, sem luz que penetrasse.

Rosa tinha muito calor. Na fronte, aquele suor que brota, e ganha peso no correr da pele. Desceu em filete pelo pescoço, na divisão do peito. Ela foi até o poço, soltou a roldana e esperou o plaft do balde quebrando a água. Então puxou a corda com movimentos largos, de todo o corpo. E a lata surgiu, se transbordando.

Foi num só pequeníssimo momento: o balde dançou no ar, contraluzente sobre o vazio do poço, e um reflexo branco, cegador, veio direto nas vistas de Rosa. Mas foi só. Pousada a lata em cima da murada, Rosa bebeu com gosto, as mãos feito concha a se abrir devagar, encharcando pescoço e peito. Ela voltou à choupana, à porta, e assim num piscar, lufada brusca que de repente, um vento incendiado rasgou a clareira. Então deu-se, e se deu de uma vez. Foi que Rosa começou a ouvir os sons. Fazia muito, talvez de sempre, ela escutava o canto dos tangarás e bem-te-vis, até o bacurau ela ouvia, naquela hora em que ia deitar e o tamanho da noite ficava imenso. Mas nunca, nunca em toda a sua idade, Rosa tinha ouvido aquele som embuçado, de tremura, meio vento na folharada, meio bicho que nem tem nome. Nisso houve também o arrepio da terra, um quase não existir de vibração no debaixo dos pés, se aumentando, um coração enterrado vivo, confundido em ruídos de sangue e mato.

As patas do cavalo, ela pensou, por fim, um cavalo, pois já ouvia a resfolegação vigorosa, umas golfadas de vento quente pelas narinas. Rosa olhou arregalada; e o peito bombeava e bombeava no mesmo compasso afoito dos cascos sobre o húmus. Ela o pressentia ali, por entre as árvores, gigante, que já num nada surgiria, era inevitável se estava tão perto, tão naturalmente ali, no mato, por entre as árvores. E o cheiro. O cheiro da floresta era agora o cheiro acre do seu pêlo, do dorso pingando de suor. E o gosto. Rosa mordeu os dedos até sentir o osso nos dentes. Um gosto agridoce e vermelho inchando a língua. E o relincho. O relincho Rosa ouviu ao mesmo tempo que o viu inteiro, patas debatentes no ar, cabeça soerguida com propriedade, a musculatura desenhada dos quartos no sustento da empinada.

Rosa ainda na soleira da porta viu a escuridão do pêlo, que reluzia, e viu, com olhos de quem vê os cavalos que andam pelas florestas, as crinas caindo pesadas até meio pescoço, as ventas se dilatando, se contraindo, e a cruz branca na testa, uma cruz branca na testa.

Lá dentro da casa havia o pai, a madeira, o formão. O sol dava nas costas. A cruz existindo na carne da madeira. Talvez o pai, encafuado, fizesse deixar a cruz ou o sol e ir à porta.

Rosa cruzou a soleira da porta, num aproximamento. O animal escarvava, cabeça indomada se abanando para lado e outro, e Rosa a um passo. Ela deixou a mão escorregar por entre as crinas, sentiu-as nascendo espessamente. Agarrou-se com uma força maior e, num salto fácil de gata, viu-se enfim montada. No correr das pernas, por dentro, no contato, o pêlo quente. E subia-lhe uma fortidão de suor de bicho, um bafo de entranhas. Mas sempre o cheiro de mato, sim, porque agora Rosa cavalga em plena floresta e quase não acredita que galopa a essa velocidade sem se bater contra as árvores que cruzam ao seu lado como chispas verdes velozes zunindo sobre a cabeça e os braços e as pernas se lanhando e ela contra o vento que aumenta sobre o peito de Rosa como aumenta a disparada de Rosa montada sobre as patas alucinadas avançando e avançando e avançando e então sim: o relâmpago, num sem mais nem menos. Em seguida o trovão, como um tiro que estilhaçasse um céu inteiro de cristal. E lá bem do alto começam a cair, silenciosos, os nacos de estrelas feridas, e Rosa sabe que vai voar, subir até o fim da altura do céu para descer também aos poucos, alvejada e luminosa, para pousar numa planície de verde intenso. E os cacos de luz caindo formam essa chuva que chora sobre seu corpo e encharca o vestidinho de algodão, e faz escorrer-lhe pela perna um filete vermelho que vai morrer definitivamente na grama embaixo dos seus pés.

Rosa é flor regada. A chuva se esgota e a terra amolece num lento ressonar. Rosa sente correr por dentro um rio apinhado de peixes prateados, onde corre seu sangue, que escorre, e que vai descer bem fundo na terra amolecida.

Rosa regada feita flor aberta, no meio da planície, livre como o vento a cruzar por entre as pétalas levando o perfume de rosa à mata, à clareira e à choupana onde está o pai silencioso e a mãe tecendo e onde ainda está aberta a porta, a soleira da porta que Rosa cruzou.

Amilcar Bettega Barbosa nasceu em São Gabriel (RS), em 1964. É autor dos livros de contos O vôo da trapezista *(Movimento/IEL, 1994), que recebeu o Prêmio Açorianos de Literatura 1995 (Secretaria Municipal da Cultura de Porto Alegre) e* Deixe o quarto como está, *publicado pela Companhia das Letras, em 2002. Em 1997 foi contemplado no Programa de Bolsas para Escritores Brasileiros, da Fundação Biblioteca Nacional. E em 1999, a convite do Art Omi International Arts Center, participou como escritor-residente do programa Ledig House — International Writers' Colony (1999), nos Estados Unidos.*

Bijoux

Reinaldo Moraes

——Mensagem original——
De: Eduardo Borges [mailto: duborges@hotmail.com]
Enviada em: terça-feira, 13 de julho de 2002 — 16:24
Para: Heloísa Garcia [helogarcia@uol.com.br]
Assunto: mulheres, jóias e o diabo a quatro

Alô-alô Helô

Cá estou eu, querida amiga, só e mal acompanhado nesta cabine da Info-Aide, no Charles de Gaulle, escrevendo pra você num computador alugado a 5 euros por hora, enquanto espero por um tal de Monsieur Lasaigne, o chefete francês da Varig local, que poderá ou não autorizar a revalidação do meu bilhete aéreo de volta ao Brasil. Apesar da fome de leão de circo mambembe, tenho que escolher: ou como uma porcaria qualquer ou coloco minhas porcarias íntimas neste e-mail pra você, mó de desabafar um pouco. São coisas que me fazem um furdunço federal na cabeça, uma barulheira, não consigo pensar em mais nada. Preciso dividir isso com alguém — você, que é meu alguém predileto.

E a fome? Se o messiê Lasanha for um tipo tão comestível quanto o nome que tem, pego ele, mato e como.

Você acredita, Helô, que a Carol me trocou por um inglês? Um tipinho raquítico, desses carequinhas de costeleta com roupinhas compradas no brechó dos Jetsons. E mais um zoológico de seres mitológicos tatuados na pele branca de lagartixa no formol. Diz que é músico. De uma banda eletrônica house, tecno, trance, uma droga dessas. Deve ser um lixo total. Andy. Se isso é nome. *Andyyyy*. Alguém devia proibir os músicos de pular dos CDS e das rádios pra realidade. As mulheres são presas fáceis desses tipos, não entendo bem por quê. Você pode ter lido Shakespeare de cabo a rabo no original e conhecer a fundo a física quântica, mas chega um bostinha semi-anarfa desses, que gravou um CD horrendo e previsível de salsa-reggae-hip-hop-pós-blues-mangue-beat ou droga que o valha, e pronto: leva a mina. Tá certo isso?

Conhecemos o Andy na casa da Annette, aqui em Paris. Era nossa segunda noite lá, desde que chegamos de Barcelona — onde, aliás, bêbada, ela tinha beijado a boca dum francês bem nas minhas fuças, num bar. Foi, por assim dizer, seu primeiro contato com a língua francesa, antes mesmo de chegarmos à França.

Pelo que eu entendi, o Andy era amigo do Marc, um dos namorados presumíveis dessa Annette que nos hospedava. Na noite anterior ela estava com outro cara. Referia-se a um e a outro como *mon copain*, meu companheiro. Todos cornos que nem eu, *mes semblables, mes frères*. Esse Marc era um sujeito alto e magro fisgado por dois piercings, um no nariz, outro na sobrancelha. Vai ver os piercings funcionam como uma espécie de acupuntura emocional, prevenindo o sujeito contra sentimentos primários, como o ciúme.

Eu vi quando o Andy bateu o olho na Carol, e ela nele.

Na minha frente. Punhal no coração, Helô, punhal no coração. No meu, claro.

A Carol falava com o tal do Andy naquele inglês absurdo que ela aprendeu num colégio estadual da zona leste e num curso intensivo pela Internet um mês antes da nossa viagem. O pior é que ela é inteligente, a cafona. Já conseguia entender as letras da Britney Spears, uma façanha cultural pra ela. *Oops!... I did it again/ I played with your heart, got lost in the game.* "Opa!... lá vou eu de novo. Brinquei com o seu coração, me perdi na parada." Ela adorava essa música. Eu devia ter prestado mais atenção na letra.

E o Andy achando uma graça infinita no inglês rastaqüera dela. Se a parede falasse e tivesse aqueles peitinhos da Carol, aquela boca naturalmente vermelha e carnuda, aqueles olhos jaboticabais, aquele narizinho arrebitado e arrogante, aquela covinha no queixo, ele acharia o mesmo da parede. *Andyyy.* Shit!

Em Lisboa, antes de Barcelona, a dona Carol já tinha achado todos os portugueses lindos de morrer. Disse que nem pareciam portugueses — pensando, óbvio, nos portugas das padocas paulistanas, os únicos que ela conhecia até então. E se maravilhou ao perceber que falava uma língua européia, afinal de contas. Parecia a filha do burguês fidalgo, do Molière, aquele que se deslumbrou ao saber que falava "em prosa" sem a menor dificuldade.

Essa Carol é o fim da picada, viu. Sei que topou viajar comigo pela viagem apenas. Dei a passagem de presente para ela e até ontem segurei todas as despesas de hospedagem, rango, transporte, espetáculos, tudo. O que um cara não faz por uma mulher linda e descolada, de brilho ambicioso nos olhos, que goza ou finge que goza nos seus braços? Sabia, Helô, que dos verdes vales dos 21 aninhos dela, bem rodados por sinal, a desgramada chamava a mim, que ainda não passei dos 28, de *velho*? Só porque eu li mais de dois livros na vida. Ler envelhece, ela acha. E ainda diz que quer ser roteirista de tevê. Você acredita? De sitcom. Ela tem a mais absoluta certeza de que toda a cultura de que necessita está nas telas luminosas da tevê, dos monitores de computador e dos cinemas, mais ou menos nessa ordem. Pra Carol, a juventude é algo de muito precioso para se gastar manipulando objetos tão distantes da vida quanto livros. E dizia, cheia de orgulho brucutu: "Quem precisa de livros? Eu simplesmente olho e *vejo* as coisas, meu. As coisas. Como elas são".

Dá pra acreditar?

Um detalhe: essa Annette que eu falei aí em cima é a irmã do Jean Lauzun, aquele francês amigo meu que mora aí no Brasil, lembra dele? O Jean é quem deu o toque pra Annette segurar a nossa onda aqui nesta Paris hiperburguesa. Senão íamos ter de dormir debaixo das pontes com *les misérables*. (Teria sido melhor; não encontraríamos nenhum tecno-*Andyyy* pela frente.)

A horas tantas saímos todos, Annette, Marc, Carol, eu e o *Andyyy*, para jantar num japonês ali perto. O inglês e a Carol pareciam ter decretado minha definitiva inexistência. Tentei pegar a perna da Carol por baixo da mesa, mas senti nela uma esquivança que buzinava com todas as letras: Cai fora, mané!

O que fiz eu? Tomei um porre veloz de saquê com cerveja e desandei a falar que o Mick Jagger tinha dito numa entrevista que não era difícil convencer um inglês a se vestir de mulher. Que a Inglaterra tinha massacrado estupidamente os jovens, inexperientes e desequipados soldados argentinos nas Malvinas em 1982. Que não dava pra agüentar um povo que levava a sério aquela rainha com cara de suflê amanhecido em pleno século 21. E otras cositas más.

A Carol me pediu uma, duas, três vezes pra eu parar de beber e de bancar o imbecil na frente das pessoas. O Andy (não me conformo com esse nome disney-gay dele) perguntou à Carol: "Who's this guy?".

De repente, me arranquei dali sem dizer A nem B pra ninguém. Simplesmente peguei de mim e fui embora. Minha vontade era encher todo mundo de porrada na rua, os franceses, os não-franceses, os cachorros, os policiais, os outdoors. Principalmente os outdoors. Quando você tá por baixo, aquele otimismo energético de outdoor, aqueles corpos lindos, aqueles dentes perfeitos dos sorrisos, aquilo tudo te deixa ainda mais atolado na lama.

Depois de arrastar meu ódio por uns cinco quarteirões, lembrei que a Carol não tinha dinheiro para pagar a parte dela na conta. Alguém na mesa teria de fazer isso por ela — a Annette, nossa anfitriã, com certeza. Mas podia ser que o Andy mesmo resolvesse a parada, calculando ser ressarcido logo mais em moeda sexual corrente, a verdadeira moeda global, a única moeda forte que pode ser cunhada nos trópicos.

Por que Deus foi pôr ingleses no mundo? E músicos!

Depois de não sei quantas horas patrulhando as ruas de Paris feito cachorro louco, e pelo menos uma enfiado em trens e túneis do metrô, consegui voltar para o apê da Annette. Ela tinha me dado uma cópia da chave. Ninguém na sala. O quarto da anfitriã, fechado. Ouvi murmúrios. A Carol e o inglês?! Grudei a orelha na porta: reconheci a casquinada de tabagista da Annette. Pela voz, grave e sussurrada, tinha um homem com ela. O Marc, provavelmente. Se já não fosse um terceiro mané.

E a Carol? Na sala, onde a Annette nos instalara, não estava. Nem na cozinha. Nem no banheiro. Não tinha mais lugar nenhum ali onde ela pudesse estar. Não tinha voltado pra casa, a velhaca.

Liguei a televisão, desliguei a televisão. Tomei uma cerveja. Duas cervejas. Não tomei a terceira cerveja porque não tinha mais cerveja na geladeira. Tinha uísque, mas eu não gosto de uísque. Tinha também um relógio de parede que foi marcando: uma, duas, quatro da madruga. No quarto da Annette, silêncio. Acabei com um maço de Gitanes que encontrei pela metade, eu que nem fumo. O tabaco forte me fez finalmente vomitar um pouco às seis da manhã. Talvez aquele sushi francês estivesse um pouco passado também. Nenhuma Carol à vista. Apaguei no sofá, de cara prum sitcom americano da tevê, com aquelas risadas idiotas zombando de mim, o corno-que-espera.

Acordei péssimo. Talvez ainda pior que isso. Deprê total. O quarto da Annette continuava fechado. Silêncio no apê, silêncio na rua. Lembrei que era domingo. Dane-se o domingo. Danem-se todos os domingos da eternidade. Às onze, toca o telefone. Atendi, num impulso. Era a Carol, declarando que não era da minha conta onde ela tinha dormido ou deixado de dormir, e que eu tinha agido como um babaca consumado lá no japa, e que era melhor cada um seguir separado dali por diante, e que eu não estava respeitando o espaço dela, e que ela não conseguia mais relaxar e se divertir ao meu lado, e "Vamos dar um tempo, falô, Edu?".

Desligou.

Eu não conseguia respirar. Devo ter batido algum recorde mundial de apnéia. Morri de não morrer, como no poema. Sofri. Era tudo o que eu conseguia fazer: sofrer. Odeio sofrer. Você sabe que não fui feito pra isso.

Sofrendo ou não, eu tinha que sair daquele apartamento antes que a Annette acordasse. Não queria papo com ninguém. Liguei pra Varig tentando antecipar meu vôo, marcado para dali a quinze dias. Queria dar o fora da Europa imediatamente. Foi um custo convencer a francesa que me atendeu. Minha passagem, como a da Carol, tinha data de volta fechada, por isso era mais barata, acessível às minhas economias de um ano inteiro de labuta-que-pariu. Não podia voltar antes, nem depois. Inventei pra funcionária, no meu francês escolar (ela trabalhava na Varig mas não falava português), que minha irmã (que eu não tenho) tinha morrido e que minha mãe (que já morreu) tinha tido um enfarto agudo e estava no hospital e que, portanto, eu precisava, tinha que, por força de todas as leis humanas, voltar com urgência urgentíssima ao Brasil. E não tinha mais *argent* nenhum para pagar a diferença entre a minha passagem promocional e uma normal. (Até tinha algum, pras duas últimas semanas da viagem com a Carol. Mas a Varig não precisava saber disso.)

Bufando seu mau humor parisiense, madame me deixou esperando uma boa meia hora na linha até voltar com a notícia de que arranjara um lugar para mim no vôo 258, saindo naquela tarde às 18h45 do Charles de Gaulle, e que isso tinha sido uma exceção excepcionalíssima, e que eu chegasse três horas antes do embarque para confirmar a reserva no balcão da companhia.

Caí fora sem deixar nem um bilhetinho pra Annette. Feio. Não sou de fazer uma coisas dessas, você sabe. Mas fiz. Ela certamente ligaria para o Jean em São Paulo comentando a minha grosseria estereotipicamente latino-americana, fugindo daquele jeito da casa que me abrigara, sem um mísero *au revoir*, sem um escasso *merci beaucoup*. Dane-se.

Metrô, trem, aeroporto. Às duas da tarde eu estava no balcão da Varig fazendo o check-in e despachando o meu bag. Depois, fui levar minha depressão terminal para passear pelos amplos terminais do aeroporto. Enfiei-me numa interminável passarela rolante com pistas de ida e volta. Duas mulheres que vinham na direção oposta me dilataram um pouco mais as pupilas moribundas: uma morena, quase mulata, espetacular, e uma loira, também espetacular. Pareciam estar juntas. E se você fosse homem, doce Helô, eu também te confidenciaria: grandes peitos, grandes peitos.

A loira espetacular empurrava o carrinho. A morena espetacular seguia atrás dela. Trocaram palavras antes de passar por mim, revelando que estavam mesmo juntas. Iam com certeza ao encontro de seus fogosos amantes ou, talvez, fossem elas próprias as fogosas amantes uma da outra. Que me importava que fossem ou não fossem isso ou aquilo? Minhas fogosas amantes é que jamais seriam, disso eu podia ter folgada certeza.

Depois das duas beldades veio aquele torso de africana alta, cabeça e corpo enrolados em panos estampados de signos coloridos, vestal de alguma divindade solar, deslocando-se até mim por mágica flutuação. Como todos os que vinham no sentido oposto da passarela, ela só existia para o meu olhar da cintura para cima, a partir do corrimão rolante. Quando chegou mais perto, vi que trazia um menininho pela mão. A mulher tinha um rosto forte, de zigomas salientes riscados de cicatrizes simétricas, rituais pelo jeito. Tive ganas de exibir-lhe os talhos sangrentos do meu coração traído. A força daquela mulher poderia me salvar, pensei, quando ela já estava bem perto de mim. Toda a África profunda seguia ali com ela, pra Mauritânia, pro Zimbábue, pro Sudão, onde era esperada pelo marido e pelas cinco ou seis outras esposas dele, mais uma carrada de filhos, numa tenda no deserto, numa palhoça na savana.

Nem me olhou, a negra altiva, quando passou por mim. Por ela eu enfrentaria rebeldes no Congo, endemias no Tchad, fome da Costa do Marfim, desidratação no Saara, leões na

Nigéria, gorilas em Ruanda. Daria tudo pela posse daquele totem feminino. Criaria aquele garotinho como se fosse filho meu. Provavelmente teria que matar o marido dela antes. Assumiria as mulheres e os negócios do cara: especiarias, pedras preciosas, haxixe, armas. Escravos, talvez. Todo dia, de manhã, de dezoito a vinte crianças formariam fila para beijar minha mão. E que a Carol fosse pro inferno com o inglesinho de merda dela.

Passaram também por mim, no vaivém da passarela rolante, duas freiras com verdadeiras máquinas de voar desenhadas por da Vinci na cabeça. Um bom pé-de-vento alçaria as duas pelos ares do mundo. Seriam canonizadas no ato. Mas por enquanto, deslizando ali na passarela como bustos fugidos do pedestal, as freirinhas pareciam satisfeitas cá na Terra debaixo de seus chapéus aerocanônicos. Tinham se casado com Deus. Uma bem jovem, a outra bem velha. Deus podia ficar sossegado; nenhum mortal se animaria a disputá-las com Ele.

Foi então, ao sair da passarela rolante, que eu vi, no chão: a carteira. De couro azul-escuro, retangular, com cantoneiras douradas, tamanho grande. Não dessas de homem, de botar no bolso de trás da calça. Parecia de mulher, de carregar na bolsa. Mimetizava um pouco o chão de granito preto. Na verdade as cantoneiras douradas eram o que mais se destacava nelas. Olhei em volta e conferi: ninguém mais tinha visto a carteira. Ou, se viu, não tomou providência. Me abaixei, como quem vai amarrar o sapato, apanhei a carteira e a entuchei na cintura, sob a fralda do camisão que eu estava usando para fora da calça. Segui calmamente rumo a um minicafé com mesinhas, mais à frente. Sentei para uma Coca, um café e um instante de reflexão, diante da carteira, que depositei sobre a mesa. Era do tipo que se abre em livro. Tinha um zíper interno e uma grife: Gucci.

Calculei que o meu gesto de apanhar a carteira do chão devia ter sido registrado por pelo menos uma dezena de câmeras do circuito interno do aeroporto. Eu talvez já estivesse sendo procurado pela segurança naquele exato instante. Pelo sim, pelo não, pedi a Coca e o café à garçonete e me pus a contemplar o objeto à minha frente. Se viessem me procurar, eu diria que estava apenas tomando fôlego para seguir em frente e entregar a carteira nos Achados & Perdidos, se chegasse a descobrir como se diz isso em francês.

Antes que me encontrassem, se é que encontrariam, abri a carteira. Doze mil quinhentos e setenta e cinco euros. Um euro está valendo, hoje, o mesmo que um dólar. Bela grana. Um salário de executivo europeu. Ou de três executivos brasileiros. Ou de cinco executivos paraguaios. Umas oito vezes a merreca do meu salarinho lá na Editora dos Tribunais. Bela grana.

Devolver?

Pensei nisso. Mas pensei também, naturalmente, em não devolver. Não tinha nenhum documento, nenhuma identificação dentro. Só a carteira, a grife e a grana. Dinheiro no chão não é de ninguém. Assim como Deus deu, Deus tirou da pessoa a quem pertencera. É a vida. Assim como a Carol tinha sido minha, era agora de um inglês branquelo metido a músico modernete. Um perde, outro acha. É a lei canina do universo cão.

Eu tinha, de meus, uns mil e quinhentos euros, quantia com a qual pretendia segurar as pontas da viagem até o fim das minhas férias, junto com a Carol, conforme nossos planos originais. Ela que esfaqueasse agora o inglesinho dela. *Andyyy*. Ele ia ver o que é bom pra tosse. E pro bolso. (Pro resto já devia estar vendo e sentindo havia muitas horas, o desgraçado.)

Eu estava mais ou menos rico, agora. Podia desistir daquela volta antecipada ao Brasil e comprar uma passagem para, digamos, a Itália. Roma, Veneza. Eu não conhecia a Itália. Compraria roupas novas, ficaria bonito. Não era impossível também que arranjasse uma italianinha *molto carina* para me distrair das minhas aflições córneas. Apressei-me a enfiar a carteira de volta na cintura. Achado não é roubado, na porta do mercado.

Paguei a conta de oito euros e uns quebrados do café e da Coca com uma nota de vinte. Deixei o troco de caixinha. A garçonete franco-árabe ficou desnorteada com aquela gorjeta de mais de cem por cento. Me olhou com vago rancor, como se eu lhe tivesse cuspido alguma ofensa na cara. Vai entender essas estranjas.

Fui até o balcão da Varig pensando em anular a minha antecipação de vôo e comprar passagem no primeiro avião para a Itália. Se perguntassem o que tinha acontecido com toda aquela minha urgência de voltar ao Brasil, eu explicaria que minha falecida irmã ressuscitara milagrosamente e minha enfartada mãe acabara de sair do hospital saltitando de saúde. Coisas que só acontecem no ambiente mágico-realista do Terceiro Mundo, *n'est-ce pas*?

No balcão de reservas e venda de passagens da Varig, me vi cara a cara com a moça do balcão. Calhou de ser uma loirinha um tanto franzina de cabelo preso em coque, claramente francesa, dona do chamado rosto regular: nem bonita, nem feia, nem jovem, nem coroa, nem alegre, nem triste. "Oui, monsieur?", ela me disse, quando chegou a minha vez. E num tom tão simpático-risonho-e-franco que eu desabei. Ela e seus olhos claros e diretos tresandavam honestidade e solidariedade, para além da mera cortesia profissional. Era a própria integridade humana de uniforme. Se ela tivesse dito aquele "Oui, monsieur?" no irritadiço padrão "ne-me-touches-pas" de praticamente todas as colegas dela em toda a França e províncias de ultramar, a uma hora destas eu já estaria na Itália, torrando em chiantis e cantadas aleatórias toda a grana daquele carteirão.

Fato é que desisti de anular minha volta ao Brasil. A perspectiva de ir à Itália com o dinheiro alheio também parou de me acenar no espírito. E mais: o rico volume que eu trazia enfiado na cintura, na altura da minha mais ou menos discreta pança, começou a me provocar um desconforto que não era apenas epidérmico. Sim, aquele dinheiro era de alguém, talvez de uma pessoa íntegra como aquela atendente no balcão. Alguém que o havia ganhado honestamente e que pretendia despendê-lo com igual honestidade. Talvez um aidético, ou a mãe de um aidético, que dele dependia para financiar o tratamento do filho. Sabe-se lá.

Sorri para a atendente e respondi que estava em dúvida sobre o meu destino. Ela apenas retrucou com outro sorriso, esse um tanto enigmático, me pareceu. E encerrou nossa conversa com um novo "Oui, monsieur". Saí dali ruminando os subtons filosóficos que eu julgara captar naquele último sorriso dela. Como se a moça tivesse querido de fato me dizer: "Oui, monsieur, enquanto os homens têm dúvidas sobre seu destino, o destino jamais tem dúvidas sobre eles".

Ou estaria eu viajando antes mesmo de embarcar?

E o pior — muito pior — é que a minha cabeça passou a ser invadida por ondas de fantasias narcísicas, de um sentimentalismo pegajoso, nas quais eu figurava de campeão da honestidade universal ao decidir pela devolução da carteira a seu dono ou dona, num gesto tão simples quanto solene. Já via o felizardo boquiaberto na minha frente, esmagado sob o peso da minha monumental honestidade. Esguichando lágrimas pelos olhos incrédulos, o tipo cairia aos meus pés, trêmulo de gratidão por aquele cucaracho de alma nobre — eu.

Eu? Sim, eu. Corno assumido, modesto funcionário de uma editoreta de rábulas, com vaguíssimas aspirações poéticas (fiz um soneto que mandei para um concurso da Academia Paulista de Letras, sem nenhum sucesso que me tivessem comunicado), mas honesto. Como meu pai me ensinou. Como minha mãe me ensinou. Como a Bíblia me ensinou. Não roubarás. Não pegarás do chão carteiras Gucci recheadas de papel-moeda de Primeiro Mundo em aeroportos europeus para te locupletares em Itálias folgazãs a fim de esquecer brazucas maledetas que te fizeram sofrer. Não, filho meu; entregarás imediatamente o achado às autoridades competentes para eventual restituição a quem de direito, e teu nome será registrado per saecula saeculorum nos anais da virtude e do bom caráter. Acredite ou não, esses eram os comandos que o núcleo ético da minha consciência enviava aos centros decisórios do meu ser.

E o meu ser não tardou a procurar o Centre d'Accueil et Securité, Secteur d'Objets et Valeurs Perdus et Retrouvés, para onde, segundo me informou um *gendarme*, eram enviados todos os objetos e valores encontrados nas dependências do Charles de Gaulle. Confesso que não fui disposto a entregar o ouro ao primeiro burocrata que encontrasse pela frente. Fui sondar. Olhar o lugar. Ver que caras tinham as pessoas.

Uma primeira pessoa, uma mulher, no tal centro de recepção, me indicou a outra pessoa, em outra sala. Nessa outra sala, o setor propriamente dito dos achados e perdidos, topei com uma cena que mudaria radicalmente meu destino imediato. Lá estavam a morena e a loira espetaculares que eu vira havia pouco na passarela rolante! A morena, eu via agora, de short com bolsinhos laterais, pernas de tenista e umas sandálias com plataforma de teatro grego; a loira espetacular, de minissaia e pernas longas, esguias, de top model. Estavam aos prantos. Atormentadas, descabeladas, tentavam agarrar o funcionário, elas do lado de fora, ele do lado de dentro do balcão, refugiando-se atrás de um computador.

O sujeito explicava, num francês burocrático e fácil de entender, que nenhum tipo de carteira, pasta ou pochette havia sido entregue ali nas últimas 24 horas, muito menos na última hora, e muitíssimo menos contendo o valor que elas declaravam ter perdido: doze mil quinhentos e setenta e cinco euros. "Je suis desolé". disse ele, tentando encerrar o assunto. Mas elas pouco se lixavam pro fato de que ele e o Estado francês e a União Européia pudessem ou não estar desolados. Queriam o dinheiro delas, o mesmo que estava agora pressionando as minhas banhotas abdominais.

A do short, a morena, não queria se render. Repetia que ao menos uma das milhares de câmeras do aeroporto devia ter registrado a perda da carteira e, principalmente, o momento em que fora achada. O funcionário espalmou as mãos à frente delas e empurrou o ar, determinando que se afastassem do balcão. Elas cederam. Pelo menos pararam de ameaçar o cara fisicamente. Arretadas, aquelas francesas. O funcionário soltou aquela bufada gaulesa e repetiu, "pela última vez", que as duas deviam encaminhar um pedido formal a não sei que autoridade policial que, por sua vez, enviaria à justiça um pedido de requisição das fitas gravadas naquele período, e que, se o pedido fosse aprovado, em 24 horas as fitas seriam analisadas pelo departamento competente.

De nada adiantou a morena e a loira replicarem em uníssono, e quase com as mesmas palavras, que em 24 horas o dinheiro delas já teria voado para longe. Para a Itália ou Brasil, mais exatamente, completei eu em silêncio.

As duas se abraçaram chorando, sem arredar pé dali. Eram lindas, Helô, lindas. Um tanto vulgaretes, mas na medida, sacumé? Gostosas, como se dizia antigamente. Aí o funcionário se virou para mim: "Oui, monsieur?". Eu não sabia o que dizer. Ele começou a se impacientar. Na França é assim: você demora mais de meio segundo para responder o que te perguntam e os caras já começam a bufar. As duas beldades também voltaram para mim suas caras de madalenas demolidas.

Dei baixa na primeira patacoada que me veio à cabeça, no meu francesinho até que razoável pra quem largou a Aliança Francesa no terceiro semestre do curso básico:

— Perdi um guarda-chuva amarelo.

O funcionário olhou para mim, para a passagem que despontava do bolso do meu camisão, e se perguntou, com certeza se perguntou, que diabo fazia um aeroviajante num aeroporto internacional com um guarda-chuva, amarelo ou de qualquer outra cor, e com aquele solzão lá fora. Mas cutucou lá as teclas do computador dele. Segundos depois, soltou: "Pas de parapluie jaune pour l'instant, monsieur".

Assim é a vida: nada de guarda-chuva amarelo no momento. As duas lindas foram se movendo devagar para fora da sala, empurrando juntas o carrinho delas com duas valises grandes e uma mochilinha felpuda cor-de-rosa. Imaginei que a carteira com o dinheiro tivesse, de algum jeito, caído dessa mochilinha, já que nem na minissaia de uma, nem nos bolsos do shortinho & camiseta de manga cavada da outra parecia haver espaço para um carteirão recheado daquele tamanho. Elas se enlaçavam mutuamente as cinturas, solidárias na dor.

Segui atrás delas, depois de depositar um *merci* no balcão do funcionário. Retardei o passo, contemplando aqueles dois pares de pernas francesas, morenas e brancas, à escolha do freguês. Não pude deixar de reparar também nos dois bumbuns sustentados pelas pernas. Daquele ponto de vista pareceram-me nada menos que gloriosos. A do short demonstrava usar uma calcinha asa-delta, mínima; a da minissaia, até onde o pano vaporoso do vestido deixava entrever, dispensara calcinhas ou calçolas. Certas mulheres se sentem desconfortáveis de calcinha, especialmente no verão, e dispensam esse item, o que não deixa de ser interessante.

Quando já tínhamos saído do Centre d'Accueil, ganhando outra vez o amplo espaço de circulação do aeroporto, cheguei nelas:

— *Pardon...*

Me olharam duro, como a interditar qualquer tentativa de paquera. Viviam um dos piores momentos de suas vidas recentes, coitadinhas. Não queriam papo com a humanidade larápia que lhes surrupiara a carteira. Lasquei um novo *pardon* e disse que tinha achado algo que podia interessar às duas. Os lábios superiores e inferiores de cada uma delas se desgrudaram, abrindo-se em pré-estupefação. Fiz menção de puxar a carteira da cintura. As duas recuaram instintivamente, como se eu fosse sacar um trabuco.

O espanto delas quando viram a Gucci não terá sido menor do que se estivessem diante de uma Uzi destravada. Imediatamente arrancaram a carteira da minha mão, num bote simultâneo. Quase arrebentaram o zíper antes de abri-lo e verificar que as notas, uma a uma, estavam todas lá, onde as haviam colocado.

Daí se lançaram sobre mim cheias de braços e coxas e soluços e beijos molhados de gratidão.

— *Oh, monsieur, monsieur! Merci! Merci! Merci! Oh, merci, merci, merci!*

Cada *merci* daqueles estava me saindo a uns mil euros, mais ou menos. Mas que frescas eram elas, Helô, e que suaves e cheirosas. Fiquei molhado de lágrimas e saliva de Primeiro Mundo, legítimas. Deixei aquele bálsamo entrar no meu peito ferido. Senti uns furos de alívio na crosta espessa da depressão. As pessoas paravam para olhar a cena, coisa rara em se tratando de passantes franceses, que não param nem para ver o velho governo cair nem o novo subir.

Tive um princípio de ereção.

Chamavam-se, disseram, Yvonne e Yasmine — com ípsilon (*i-grec*, em francês), como as duas se apressaram a ressaltar. Quando dei por mim, estava com elas no bar mais chique do aeroporto, o *Dedalus*, tomando champanhe para comemorar — elas, o retorno de *l'argent perdu*; eu, aquela dádiva terapêutica em forma de mulher — de duas mulheres! — que o destino pusera em meu caminho, em lugar das pedras e espinhos habituais. Prozac nenhum faria melhor.

As duas eram do sul, de Marselha, e era para lá que estavam voltando, com o dinheiro amealhado no varejo de jóias — *des bijoux* — em Paris. Dinheiro que nem era delas, disseram. Yasmine resmungou que por causa daquela trapalhada com a carteira tinham perdido o vôo. Yvonne retrucou que isso não era nada, comparado com a fubecada que elas levariam do patrão em Marselha, se não tivessem achado a carteira. Yasmine fez que ia emburrar. Pelo que entendi, era de Yvonne a responsabilidade pela guarda da carteira — e por sua perda.

Eram representantes comerciais de um joalheiro de Marselha, me explicou Yvonne, e vendiam as jóias para as lojas parisienses. Perguntei se elas ficavam viajando com os *bijoux* de lá pra cá, se isso não era perigoso. Yvonne riu muito dessa pergunta. Respondeu que ela, particularmente, viajava sempre com "mon bijou". Yasmine acabou soltando o riso também. Elas riam com um inexplicável acento de deboche que foi me deixando seriamente excitado. Talvez não fosse deboche, considerei. Elas só deviam estar intoxicadas de alívio e gratidão por mim e pelo *bon Dieu* que atendera a suas súplicas e fechara os ouvidos a suas muitas blasfêmias. Yasmine resolveu ficar simpática de repente e disse que o patrão afinal de contas iria entender o atraso delas. *Merde, alors!,* ela exclamou. Estavam felizes. Graças a mim. Ao grande *moi même.*

Lá pelo fim da segunda garrafa de champanhe eu já tinha contado a elas as minhas desditas amorosas em terras parisienses com a bela e infiel brasileira que acabara de me trocar por um inglês. As duas bufaram imediatamente seu desprezo pelos ingleses — *Des salauds! Des cochons!* —, o que muito me agradou. Eu brindava: *Mort aux anglais! Vive la France!* Elas riam e brindavam e bebiam e me acariciavam, dizendo que eu era *très chouette* (muito fofinho; desculpe a imodéstia, Helô, mas foi o que elas disseram...), muito mais do que qualquer inglês sobre a face da Terra. *Well,* de pura felicidade pedimos a terceira garrafa de champanhe.

Foi quando Yvonne, a loira, me cravou o olho em cima e sugeriu que eu desmarcasse a minha passagem e a remarcasse para o dia seguinte, hoje. O Brasil podia esperar, *non*? Lá nisso ela tinha razão: o Brasil não ia a parte alguma. Podia, sim senhora, esperar. Yasmine quase cuspiu seu cigarro da boca: "*Mais, non, Yvonne!*". E ficou ali soprando impaciência e fumaça pelo nariz.

Pedi a conta, encomendando outra champa para viagem. Isso dava um número de garrafas que eu não era mais capaz de contar. Yvonne insistiu um pouco em pagar, mas foi fuzilada pelo olhar mesquinho de Yasmine. Pintou um certo clima entre as girls, uma querendo, a outra não querendo muito passar a noite comigo. Em todo caso, o otário aqui logo puxou e abriu a carteira, resolvendo a parada. O olhar casmurro de Yasmine mudou de rumo e mergulhou ávido dentro da minha carteira ao ver as notas novinhas acomodadas lá dentro.

Daí, fui parar no quarto do Novotel, ao lado do aeroporto, um cubículo com cama de casal, tevê e banheiro minúsculo. Da janela, nada mais que um postigo com vidro basculante, via-se um trecho de pista do aeroporto ao longe. Um jato levantava vôo. Num breve lapso de lucidez perguntei-me se não seria o avião que deveria me levar ao Brasil e no qual tanta lábia investira para garantir um assento. A morena Yasmine bufava seu tédio a cada dois minutos mais ou menos. Acendeu mais um Benson & Hedges, olhando descomovida para mim e Yvonne que nos beijávamos com certa volúpia.

Yvonne me empurrou para a cama e começou a me despir, do tênis ao jeans ao camisão. Me deixou só de cueca. Depois se trancou no banheiro com Yasmine. Nem sei como as duas couberam lá dentro. Podia ouvir estilhaços de bate-boca: *...merde!... je m'en fous!... au diable avec ce type là!...* A voz dos estilhaços era sempre a de Yasmine. A cama ao menos era macia. Demais, até, pois me bateu um enjôo marítimo de tanto me remexer nela. Fechei os olhos, piorou. Abri os olhos, foi passando, aos poucos. Ou, pelo menos, me acostumei com o enjôo.

Apanhei a garrafa de champanhe que havíamos trazido dentro de uma sacola plástica. Desnudei a rolha, liberei o arame e me preparei para detoná-la no momento em que as duas emergissem do banheiro. A porta se abriu. A morena Yasmine saiu na frente, de seios nus (!) e calcinha asa-delta, vermelha (!!). Deixei a rolha disparar. Explosão. Yasmine gritou. A rolha ricocheteou no teto baixo e voltou com tudo pra cima do cocoruto dela. Yasmine gritou de novo, de dor. Ficou alisando o lugar do impacto, puta da vida: *"C'est pas possible, ça! C'est pas possible, ce mec là!"* (Mec é "cara," como você sabe, Helô. Ou não sabe?).

Yvonne, que vinha atrás, nuinha da silva (!!!), e tinha tomado bem mais champanhe do que a outra, se escangalhava de rir. Yasmine, mão na cabeça, não se conformava: "Esse cara é maluco! *Completement fou!"*.

Sim, *fou,* respondi, soltando minha própria gargalhada trêbada. Edu, *le fou.*

Na cama, os três. Yasmine ao meu lado esquerdo, isolada, cigarro na boca, remoto na mão, caçando algo pra ver na *teloche,* que é como eles apelidam a tevê por aqui. Apesar da fumaça que me dava engulhos, eu tinha de reconhecer que ela ficava bem fumando aquele Benson & Hedges longo encaixado entre seus dedos igualmente longos e finos e bem tratados. Charmosa pra dedéu, a morena, em meio ao fumacê do tabaco. Vai ter seu cancerzinho pouco antes ou pouco depois dos cinqüenta anos, mas até lá a medicina, muito mais avançada do que hoje, haverá de lhe garantir uma folgada sobrevida.

Sentada na cama, peladinha, como já disse, Yvonne abriu a mochila cor-de-rosa, puxou o zíper do compartimento interno e tirou de lá um envelope de camisinha. Explicou, sorrindo: "Uma mulher tem que estar prevenida hoje em dia, não é, *mon choux?"*. *Mon choux.* Que delícia! Estiquei um olho e vi que o compartimento da mochila estava abarrotado de envelopes de camisinha. Muito prevenida, sem dúvida. Notei que sob as camisinhas havia um objeto: uma sevilhana, me pareceu — aquele tipo de canivete com lâmina ejetável. Duplamente prevenida, a girl. Tá certo, pensei; afinal, elas tinham que zelar pelos tais *bijoux.*

Não vi como nem quando a camisinha foi parar no seu devido e enrijecido lugar. Eu apoiava as costas num travesseiro e a cabeça na cabeceira estofada da cama. Yvonne por cima de mim. Eu dentro dela. Tudo acontecia à minha revelia. (Quase ia escrevendo *à minha arrelia*, o que, talvez, fosse até mais preciso.) Inclinando um pouco a cabeça para o lado, vi Brigitte Bardot na *teloche*, atrás da Yvonne, num chassis preso ao teto. Cenas de um filme antigo, colorido: La Bardot, nua, numa banheira, com o Michel Piccoli, vestido e de chapéu, sentado na borda fumando um charuto. Não posso jurar, mas acho que era um filme do Godard. O som estava muito alto. Yvonne, em plena cavalgada, teve de pedir umas três vezes antes que Yasmine condescendesse em abaixá-lo um pouco. Uma escrotinha, aquela Yasmine. Ingrata, sobretudo. Mas era olhar pra ela e perdoá-la instantaneamente. Linda, com suas longas e esguias e petulantes pernas mestiças. Linda.

Eu na cama com duas francesas — três, incluindo a Bardot. Essa eu vou contar até pro meu pai. O velho Borges vai se orgulhar do filhão aqui. Três francesas, na França! Ele que nunca foi nem ao Rio de Janeiro, coitado.

Para sorte sua, Helô, a partir desse ponto não lembro de mais nada. Devo ter feito o mesmo que a humanidade vem fazendo há milhões de anos para se reproduzir, e um abraço. Acordei tinindo de dor de cabeça. Juro que perguntei a mim mesmo: onde estou?

Olhando em volta, constatei várias coisas:

1. Os dois ii gregos não estavam mais lá. Nem suas roupas, bagagem, nada. Yvonne e Yasmine, como tudo o que é sólido, tinham se desmanchado no ar.

2. Vi sinais de que uma ceia farta e cara havia sido deglutida ali, com bandejas, pratos, restos de comida, talheres, taças e uma garrafa de vinho vazia (um Bordeaux que não

tinha aparência de ser lá muito barato, ainda mais pedido num quarto de hotel francês), além do champanhe que havíamos trazido, igualmente extinto.

3. Tinha um bilhete grudado com chiclete no espelho do banheiro, escrito numa letra cursiva feminina, regular e bem desenhada.

O bilhete dizia:

"*Bon jour, mon choux!* Tivemos que sair mais cedo. Adorei a nossa noite. *Merveilleuse!* Perdoe o mau humor da Yasmine. Ela é assim mesmo. Como não podemos tocar naquele dinheiro que você achou e tão honestamente nos devolveu, já que ele pertence ao joalheiro lá de Marselha, tomamos a liberdade de tirar umas notinhas da sua carteira para financiar nossa volta ao aeroporto e outras pequenas despesas. Nunca esquecerei seu gesto. Você é um nobre de alma.

Bon voyage!

Yvonne"

Minha carteira estava em cima de um anteparo junto à parede. Nela só havia uma única e solitária nota de cinqüenta euros. Era tudo o que restava dos mil e quinhentos que eu tinha antes da Gucci, das francesas e dos champanhes. Aquela tinha sido uma das trepadinhas em trânsito mais caras da história da aviação comercial.

Aí, gelei. Como pagar a conta do hotel, a ceia, o vinho, as gorjetas? Ferrô geral. Tremi. (Tremi mesmo, sabe? Uma tremenda tremedeira.)

Quando finalmente arranjei coragem para descer até o saguão do hotel, deixando pedaços de cérebro ainda encharcados de álcool pelo caminho, fui informado de que a conta estava paga, refeições e gorjetas inclusas. Alívio. Profundo. Aquele gesto devia ter partido da Yvonne, com toda a certeza. Pela Yasmine eu estaria agora algemado, no fundo de um navio-presídio, a caminho de alguma colônia penal francesa nos tristes trópicos.

Gelei de novo. E agora? Como voltar ao Brasil, já que eu tinha perdido o vôo antecipado de ontem, uma exceção absolutamente excepcional, como redundara a funcionária da Varig? Sem falar no meu bag, que regressara sozinho à pátria.

Ó vida.

Peguei um ônibus de translado no hotel e me abalei para o aeroporto, depois de ingerir um coquetel de Bufferins capaz de extirpar as dores todas da vasta humanidade sofredora. No caminho, fabriquei a história que iria contar na Varig. Ia dizer o seguinte: enquanto esperava pelo embarque, ontem, fui abordado por duas mulheres de beleza estonteante. Depois de me seduzir, elas colocaram alguma substância estupefaciente na minha bebida, paralisando assim meu livre-arbítrio e meu senso de realidade, expressões que eu, milagrosamente, sabia dizer em francês. Em seguida, as vigaristas me levaram para o hotel ao lado do aeroporto, onde capotei e fui depenado. Fim da história.

Bom, Helô, nem preciso te contar que tive de dar rabo-de-arraia, cuspir fogo e me virar do avesso na frente dos franceses da Varig — e da polícia, logo em seguida — pra fazê-los engolir a minha história. Na sala da Police des Frontières, que cuida das portas de entrada e saída do país, um policial à paisana, tipo fino e educado, colocou na minha frente um álbum com fotos de mulheres e pediu para eu ver se reconhecia alguma das pistoleiras que me haviam aplicado o velho golpe das belas viajantes disponíveis para uma aventura.

Fui folheando as páginas e passando a vista pelas fotos, em secreto contentamento, pois se os caras estavam usando esse procedimento comigo é porque haviam, a princípio, comprado a minha história. De jeito nenhum os tiras deviam saber que as minhas duas *copines* eram apenas honestas representantes comerciais de um joalheiro de Marselha, a quem eu, num rasgo de nobreza, devolvera o dinheiro que elas haviam perdido. E que o hotel e todo o resto rolara com a minha total cumplicidade.

Aí — *tóóóóing*! Lá estava a foto da Yasmine! "É ela!", apontei. "Uma delas! A morena!" O nome verdadeiro da Yasmine era Marie-Hermine Quinet, prostituta, ex-presidiária e punguista fichada. Páginas adiante topei com Yvonne: Antoinette Leporace. Tinha os cabelos castanhos, na foto. Estava linda, mesmo com aquele número afixado no peito. Outra punguista, meretriz e ex-presidiária, segundo o texto sob a foto. E ainda sorria, toda coquete! Uma artista, sem dúvida.

Vendo que eu me detinha na foto de Yvonne, aliás, Antoinette, o oficial perguntou: "É a outra?". Hesitei um pouco, como se tentasse me certificar. Por fim, disse: "Não, não é". O oficial falou que eu tivera sorte de não cair nas mãos daquela tipa, particularmente, pois madame Leporace era uma das mais perigosas profissionais do ramo, tendo já esfaqueado mais de um de seus "clientes". Ouvindo isso, pensei se não devia delatar a bandoleira.

Desisti. Os caras que ela havia esfaqueado deviam ter feito por merecer. E "Yvonne", afinal de contas, pagara a conta do Novotel, enfrentando as presumíveis resistências da implacável e voraz Yasmine-Hermine. Mesmo que fosse tudo o que diziam que ela era, eu lhe devia alguma coisa, afinal de contas. Tínhamos feito algo de muito parecido com amor. Ela fora mais decente comigo do que a Carol, que não tinha ficha em polícia nenhuma, mas era uma perfeita salafrária. Desarmada, a minha perdida Carol tinha me ferido muito mais do que a Yvonne, com sua sevilhana, aos seus desafortunados clientes.

Um garçom do *Dedalus* que me vira com as duas na noite anterior foi trazido por um inspetor para dar seu testemunho. O sujeito analisou minha cara, franziu a testa diante da foto da Yasmine e confirmou a minha história. De posse do boletim de ocorrência expedido pela polícia, voltei à Varig. Agora só falta o tal do messiê Lasanha chegar e autorizar o meu embarque.

Voilà! Meu tempo de computador se esgotou. Me sinto bem melhor agora, se você quiser saber. Ô revuá, linda Helô! E desculpe o aluguel.

Beijocas (muitas)

Edu

P.S. O policial que me mostrou as fotos riu muito quando lhe contei que as safadas haviam se apresentado como "comerciantes de jóias". E me disse que bijou *(jóia) é uma velha gíria para xoxota! Elas estavam dizendo a mais pura verdade: eram de fato comerciantes, só que dos próprios* bijoux *que traziam entre as coxas. Aquele dinheiro que eu achei era, com certeza, saldo desse comércio "bijuteiro", o mais velho do mundo, dizem. E mais: o refinado oficial me contou que Diderot escreveu uma noveleta chamada* Les bijoux indiscrets, *na qual as xoxotas das atrizes que representam para a corte de Luís XVI começam a falar em cena aberta, à revelia de suas donas, contando à platéia quem, entre os nobres ali presentes, já as freqüentou ou vem freqüentando, para escândalo geral. E viva o sistema educacional francês, que produz policiais com tamanha erudição. Outra beijoca, amiga querida.*

Reinaldo Moraes é escritor e roteirista de cinema e tevê. Publicou os romances Tanto faz (*Brasiliense, 81*) *e* Abacaxi (*L&PM, 85*), A órbita dos caracóis (*a ser publicado em 2003 pela Companhia das Letras*), *e contos em coletâneas e revistas* (*o último deles na revista literária* Ácaro, *2002*). *Tem três filhas muito jovens, dois computadores muito velhos e uma saudade eterna dos tempos em que morou como bolsista em Paris, estudando economia ou coisa que o valha.*

ESTA OBRA FOI COMPOSTA PELO GRUPO DE CRIAÇÃO EM MERIDIEN,
TEVE SEUS FILMES GERADOS PELA SPRESS E FOI IMPRESSA PELA PROL
EDITORA GRÁFICA EM OFSETE SOBRE PAPEL PÓLEN BOLD DA COMPANHIA
SUZANO PARA A EDITORA SCHWARCZ EM MARÇO DE 2003